Ils ont aimé…

À propos des précédents volumes de la série *Au service secret de Marie-Antoinette* :

Les libraires

« Une enquête pétillante, petit bijou de légèreté, étincelant d'humour. Derrière une histoire réjouissante aux multiples rebondissements se cache en creux une description vivante des coulisses de Versailles [...]. Ne passez pas à côté de ce délicieux policier qui se savoure avec délectation ! »

Gérard Collard,
Librairie La Griffe noire

« Du mystère en veux-tu en voilà : royalement drôle ! »

Julie Uthurriborde,
Librairie-Papeterie Montmartre

Les journalistes

« Un polar comme un bijou ! [...] C'est léger, drôle, enlevé, et diablement bien troussé. Succombez à ces agents très spéciaux au service secret de Sa Majesté. Ils le valent bien.»

Historia

« Un style rocambolesque et piquant, une dose d'humour savoureux et une intrigue historique bien ficelée : on en redemande. »

Cosmopolitan

« Avec son humour ravageur, son rythme endiablé, d'habiles touches historiques, Frédéric Lenormand fait mouche à chaque page. Un délice de lecture. »

Point de vue

Les bloggeurs

« J'ai eu un coup de cœur pour ce roman. [...] Je vous conseille mille fois Au service secret de

Marie- Antoinette. [...] On n'est pas loin d'une ambiance à la M. C. Beaton [...]. »

@mademoisellemaeve

« Moi qui aime les comédies policières, je me suis régalée avec ce livre de Frédéric Lenormand. [...] Je l'ai lu en à peine deux jours ! »

@aufildespages

« Je me suis régalée ! [...] On se trouve à un carrefour entre *cosy mystery*, comédie et polar historique. Les dialogues sont à mourir de rire. Les personnages sont un vrai régal d'humour, d'impertinence, d'intelligence ou de coup de bol. Je veux une autre enquête de Rose et Léonard ! »

@lesdemoisellesdechatillon

Au service secret de Marie-Antoinette

La mariée était en Rose Bertin

Frédéric Lenormand

Au service secret de Marie-Antoinette

La mariée était en Rose Bertin

Éditions de La Martinière

EAN 978-2-7324-9219-3

Je ne suis pas la reine, je suis moi.
Marie-Antoinette

1
Des souris et une femme

Au soir du 18 avril 1777, les vendeuses du Grand Mogol, boutique de modes rue Saint-Honoré que tenait la modiste Rose Bertin, s'apprêtaient à poser les volets sur les fenêtres. On servait deux dernières clientes, une dame qui hésitait entre plusieurs bonnets personnalisés et une femme de chambre venue chercher la commande de sa maîtresse.
Rose Bertin était allée acheter des aigrettes dans le magasin d'un plumassier dont le luxe l'avait impressionnée. Certains commerçants étaient décidément mieux installés qu'elle, ils possédaient des salons où la clientèle pouvait flâner parmi une variété d'articles. Or, malgré les plafonds aux moulures dorées, les miroirs et les lustres en verre de Bohème de sa boutique, Rose s'y trouvait à l'étroit depuis que la faveur de la reine avait multiplié sa clientèle. La trentaine de coutières qu'elle employait se marchaient sur les pieds.

– C'est trop petit, ici, déclara-t-elle, de retour au Grand Mogol, aux demoiselles affairées à ranger les étoffes. Il faudrait s'agrandir. Nous devrions acquérir les échoppes voisines.
Hélas, l'un des locaux mitoyens était un café florissant qui ne risquait pas de s'en aller.
Quant à l'autre côté, Mlle Maillot, première vendeuse, lui rappela qu'il abritait le salon de ce coiffeur, ce Léonard qui traînait si souvent ici depuis quelque temps.
– Si vous en touchez un mot à la reine, peut-être le forcera-t-elle à déloger... suggéra l'employée.
L'idée fit aussitôt son chemin dans l'esprit de Rose tandis que ses vendeuses préparaient la dernière commande de Sa Majesté. C'était un vêtement très spécial pour un événement unique dont elle n'avait le droit de parler à personne. On pouvait dire que très peu de gens étaient au courant : le premier ministre, le secrétaire d'État aux Affaires étrangères, le chef du protocole, le roi, la reine et elle. Et encore, pour le roi, elle n'en était pas sûre.
La clochette de la porte tinta et une dizaine de provinciaux en tenues de voyage envahirent les lieux.
– Marie-Jeanne ! s'écrièrent-ils en lui sautant au cou.

– Qui est Marie-Jeanne ? demanda l'une des deux dernières clientes qui s'étaient attardées.
Rose, balayant la question, décréta le magasin fermé et pria ces dames de sortir au plus vite.
– Nous n'avons pas encore établi la facture ! protesta une vendeuse.
– C'est cadeau ! dit Rose en poussant les deux femmes dehors.
Elle ajouta encore quelques rubans sur la pile que chacune avait sur les bras et claqua la porte derrière elles comme si une horde de souris avait menacé d'entrer.
En réalité, les « souris » s'étaient déjà confortablement installées dans les fauteuils de la boutique.
– Les filles, dit Rose à ses vendeuses, rentrez chez vous, reposez-vous, c'est fini pour aujourd'hui. Vous mettrez tout ça en ordre demain matin !
– Mais, Mademoiselle ! Nous n'aurons jamais fini de ranger avant l'ouverture…
– Je ne sais pas si j'ouvrirai demain !
La modiste jeta *manu militari* ses propres employées sur la chaussée. Il était temps, les intrus avaient commencé à engager la conversation avec elles. Une fois l'entrée bien verrouillée, elle se

tourna vers la pire espèce d'envahisseurs qu'elle imaginait pouvoir affronter : sa famille.
– Vous n'êtes pas à Abbeville, vous ? lança-t-elle.
– Nous avions tellement envie de te voir, Marie-Jeanne ! dit l'une de ses sœurs. Tu es bien pourvue, dis-moi !
Ils contemplaient avec admiration le mobilier en bois cérusé et les étoffes de soie ou de satin abandonnées ici et là. Rose avait devant elle ses frères et sœurs, quelques nièces et neveux, et sa mère, soixante-quinze ans, aussi pleine d'énergie que sa fille.
– Nous t'avons apporté un cadeau !
On commença par s'embrasser. D'abord les filles : Marguerite, sa mère, Prudence, Euphrasie, Annette et Solange, ses sœurs et cousines. Puis les garçons : Mathurin, Anatole, Bohémond, Marceau et un dernier qui ne lui évoquait aucun souvenir.
– Tiens, je ne le connais pas, celui-là.
– C'est le cousin Géraud.
Elle contemplait un grand dadais de trente-cinq ans avec un long nez.
– Il est célibataire. Nous nous sommes dit que ce voyage pourrait lui profiter… et à toi aussi.
Mon Dieu ! pensa Rose. *C'est donc ça, le cadeau !*
– Où êtes-vous descendus ?

– Ici ! Où vas-tu nous loger ?
Mais oui, tiens : où vais-je les cacher ?
C'étaient tous de braves Picards remplis de bonne volonté.
– Il va falloir que je vous rhabille, vos vêtements ne sont pas appropriés pour la capitale.
– Ce sont nos vêtements du dimanche !
Les filles se crurent invitées à essayer tout ce qu'elles trouvaient en boutique. Rose hésita entre le suicide et l'émigration dans les terres australes. Puisqu'elle logeait au-dessus, elle pria sa domestique de courir acheter un souper pour dix. Pour ce qui était du couchage, elle leur recommanda de se mettre où ils pourraient et donna son propre lit à sa mère.
– Nous pourrions dormir à quatre dedans ! Avec toi en plus !
– Non, non, j'irai dormir ailleurs.
Sa mère fit la grimace.
– Sans être encore fiancée, ma fille ? D'ailleurs, il serait temps, tu vas avoir trente ans, il me semble…
– Merci de me le rappeler, Maman.
Son chez-elle étant trop petit, on arrangea des tréteaux dans la boutique pour fabriquer une table. Quand les valets du cabaret voisin apportèrent le

repas, elle les pria de porter la note sur le compte de sa boutique.

– Ah, tu es une habituée du cabaret… dit sa mère.

– C'est cher, dis donc ! dit Euphrasie. Avec ça, chez nous, on mange toute la semaine !

– Vous n'aurez qu'à emporter les restes en partant, répondit Rose.

On soupa, on but, on s'essuya les mains sur ce qu'on trouvait, principalement les échantillons du magasin.

– Tu en as commandé, des bouteilles ! dit Bohémond. On ne pleure pas le vin, à Paris.

Ils avaient l'air de penser qu'elle faisait la fête tous les soirs, les fesses posées sur un tonneau.

– Oh, Maman, dit Prudence, il y a des bulles dans mon verre !

– Ce traiteur t'a trompée, ma chérie, ce vin est bizarre.

– C'est du champagne, répondit Rose en se levant. Mettez-vous où vous pourrez. De toute façon, j'ai rendez-vous.

Un cocher toqua à la porte avec le manche de son fouet. Un carrosse était stationné devant la boutique. Mme Bertin fronça le sourcil comme si elle venait d'apprendre que sa fille faisait la contrebande de sel, en montagne, à la barbe des douaniers.

– Tu sors en pleine nuit ?
Le soupçon d'une liaison crapuleuse venait de se confirmer. Avec qui pouvait-elle avoir un rendez-vous au milieu de la nuit ? Quel genre de sacripant faisait ses affaires à cette heure indue ? Quel aventurier la convoquait ? Ce ne pouvait être qu'un mauvais sujet !
– Ma fille, je désapprouve tes fréquentations.
– C'est la reine qui m'appelle, répondit Rose en jetant une cape sur ses épaules.
Elle ramassa les paquets prévus pour cette mission nocturne à Versailles.
– Et nous pourrons la rencontrer également ?
– Mais bien sûr ! dit Rose. Pour prendre le thé ? Demain, cinq heures, ça vous convient ?
– Tu crois ? C'est que nous ne voudrions pas déranger…
Sa famille maniait mal l'ironie.
Rose monta en voiture. Curieusement, le cocher ne lança pas les chevaux. Elle se pencha par la fenêtre.
– Eh bien ? Qu'attend-on ?

Le cocher pointa du manche de son fouet le coiffeur Léonard Autier qui sortait en hâte de son salon, une sacoche sous le bras.

– Évidemment, dit Rose en se serrant sur la banquette.
Quand il l’eut rejointe, elle constata qu’il sentait le tabac, l’alcool, et que des cartes à jouer dépassaient d’une de ses poches.
– Une petite partie pour faire passer le temps ? proposa-t-il tandis que l’équipage s’ébranlait. Je suis en veine, ce soir.
– Pas moi, répondit la modiste.

2
De Broglie Code

Le château de Versailles était peu éclairé lorsqu'ils l'atteignirent. Les chandelles des salons et des galeries avaient été soufflées et ôtées. Un candélabre à la main, un valet de la reine conduisit Rose et Léonard par de petits escaliers qui menaient à ses appartements privés. Marie-Antoinette n'était pas couchée, ce n'était pas son heure, il n'était même pas encore quatre heures du matin.
Elle avait un rendez-vous important le lendemain, et elle devait être prête avant son coucher. Pas question qu'elle se lève à l'aube, c'était le moment où elle allait au lit. Rose, sa modiste, et Léonard, son coiffeur, devaient l'habiller, arranger ses cheveux, et elle tâcherait de ne pas déranger sa toilette en sommeillant, assise contre ses oreillers.
Son frère Joseph, le maître du Saint-Empire[1], avait annoncé son arrivée à une heure indue, vers les neuf

---

[1] Le Saint-Empire romain germanique était un regroupement de nations dirigé par l'archiduc d'Autriche, qui avait le titre d'empereur.

heures. Pour l'accueillir, Marie-Antoinette avait souhaité que Rose et Léonard lui concoctent une tenue « sortie de lit ». Elle ne voulait pas avoir l'air d'avoir attendu, elle voulait paraître s'éveiller fraîche comme une rose. Il fallait lui ébouriffer les cheveux de manière artistique, concevoir une chemise de nuit qu'elle puisse montrer dans les couloirs de Versailles, et ainsi de suite. Léonard avait imaginé pour elle une coiffure « à l'impromptu » qui prenait une heure à faire, et Rose avait fait coudre une robe baptisée « Toc-toc, qui est là ? ».

Tandis qu'ils s'affairaient autour d'elle, la reine leur confia son dernier souci. Elle avait sauvé une malle entière d'archives secrètes que son mari avait ordonné de détruire. C'était les correspondances codées du précédent roi de France avec ses agents à l'étranger. Il lui manquait hélas la grille de lecture pour déchiffrer tout ça.

– Peut-être pourriez-vous l'emprunter au roi ? se risqua Rose.

– Pas possible, il ne l'a pas non plus, figurez-vous. Le comte de Broglie[2], qui avait dirigé le réseau des espions de Louis XV, était en disgrâce depuis le

---

[2] Prononcer « De Breuil ».

règne précédent, on l'avait relégué dans son château de Ruffec, dans les Charentes. Vexé, il avait alors omis de fournir le code au nouveau roi.
– Votre Majesté pense-t-elle que nous pourrions lui être de quelque utilité ? demanda Léonard.
– Oh ! Comme c'est gentil ! Je n'aurais pas osé vous le demander ! Puisque vous me le proposez, vous me ferez plaisir en rencontrant quelqu'un tout à l'heure, dès que vous aurez terminé votre ouvrage.
Elle se contempla dans le miroir. Leur réalisation correspondait point pour point à ce qu'elle désirait. Ils avaient un don pour créer exactement ce qu'elle avait en tête, comme s'ils possédaient un pouvoir de divination. Il ne leur restait plus qu'à faire usage de ce même don occulte sur le visiteur qu'elle souhaitait leur présenter. Comme son frère Joseph aurait été fier d'elle s'il avait su avec quel soin elle s'occupait des intérêts de la France ! Quel dommage de ne pouvoir rien lui dire ! Le secret était une condition primordiale. Que dirait-on si l'on savait que la reine se mêlait de diplomatie ? On lui reprochait déjà ses frivolités ! La frivolité était pourtant le meilleur alibi d'une reine.
Devant l'ampleur de ses dépenses, le trésorier royal réclamait d'étudier les comptes de ses principaux fournisseurs.

– C'est vous, mes principaux fournisseurs, précisa Marie-Antoinette à Rose et à Léonard.

Cette réclamation était contrariante car la reine détournait une partie des sommes qu'elle prétendait leur verser afin de financer son propre réseau de renseignement.

– Devrons-nous répondre que nous n'avons de comptes à rendre qu'à Votre Majesté ? demanda Rose.

– Surtout pas. Vous allez lui répondre avec amabilité. Vous n'aurez qu'à faire une grande addition de tout. Vous lui indiquerez le chiffre. Tout le chiffre, rien que le chiffre.

– Et s'il réclame le détail du chiffre ?

– Vous lui répondrez, toujours avec amabilité, que nous verrons cela l'an prochain. D'ici là, il nous faudrait un autre gros fournisseur, mes frais augmentent terriblement.

Ils cherchèrent de quoi la reine pouvait avoir besoin, en plus des robes et des coiffures qu'ils lui livraient. Un chausseur ? Combien de fausses factures pourrait-on faire sur des souliers ? Le trésorier risquait d'aller compter les semelles et les lacets. Il fallait quelque chose de coûteux qu'on ne puisse pas compter.

– Du parfum ? suggéra Marie-Antoinette.

Certes le parfum était hors de prix et d'une nature volatile qui rendrait les vérifications difficiles. Il ne restait plus qu'à trouver un parfumeur complaisant.
En récompense de leur dévouement, la reine proposa à chacun d'eux d'exaucer un vœu. Ils murmurèrent l'un et l'autre à son oreille.
– Je vous donne droit à tous deux, annonça-t-elle. Mlle Bertin prendra le salon de Léonard, et vous, Léonard, par compensation, vous aurez le magasin de Mlle Bertin. Êtes-vous contents ?
Ils la saluèrent avec ce qui ressemblait à de la gratitude. Autant s'épargner des déménagements et rester où ils étaient.
Dans la galerie, Rose était furieuse.
– Songe-malice ! lança-t-elle au coiffeur à peine sortis des petits appartements. Comment avez-vous osé demander à la reine qu'elle me fasse fermer boutique !
– Oh, mais ce n'est pas ce que j'ai demandé. Je lui ai suggéré de vous envoyer couper des robes chez le Grand Turc à Istanbul.
Un page les conduisit à l'orangerie, le plus discret des lieux et un des rares chauffés à cette heure de la nuit, pour une discussion très confidentielle avec un visiteur que nul ne devait reconnaître. Embusqué derrière les orangers, un monsieur vêtu d'un

coûteux pourpoint brodé cachait le bas de son visage sous son col relevé, et ses yeux derrière de petites lunettes aux verres fumés. C'était le comte de Broglie, échappé de son château de Ruffec malgré la mesure d'exil. Comme Louis XVI avait renvoyé l'ensemble du service secret dirigé par le comte, il ne risquait pas grand-chose à braver l'interdiction. Il en avait profité pour venir s'amuser à Paris. Ce qu'il n'avait pas prévu, c'était que la reine avait désormais sa propre organisation qui la tenait informée de tout. Elle lui avait réclamé le code.

– Je le lui aurais volontiers apporté, mais il y a eu un souci, dit le comte.

– Quel genre de souci ? demanda Rose peu inquiète. Elle avait l'habitude de reprendre un ourlet de travers ou de rectifier un faux-pli en urgence.

– Un gros souci ! À s'en arracher les cheveux ! dit le comte.

– Ah, c'est plutôt pour vous, alors, dit-elle au coiffeur.

Charles de Broglie avait trôné pendant deux décennies à la tête du système de renseignement de Louis XV, une organisation que Louis XVI, dans un sublime élan de clairvoyance, avait abandonnée le

jour où il était devenu roi. Ce dernier ne comprenait rien à l'espionnage.
– Peut-être aurait-il dû commencer par convaincre les autres nations de faire de même, dit le comte, parce que ni la Prusse, ni l'Autriche, ni l'Angleterre, ni la Russie n'ont renoncé aux leurs… Pour ne rien dire du Vatican. Même le pape a ses informateurs.
– Je crois qu'on appelle ça l'Église, dit Léonard.
S'il était fâché avec le roi, M. de Broglie était en revanche fort intéressé par les offres de la reine. Elle proposait sa protection, la fin de l'exil et, qui sait, le retour en grâce, tout cela en échange du code. Mais, le code, il ne l'avait plus ! Ce document avait disparu quelques semaines plus tôt.
– Comment ça, disparu ? Vous avez été attaqué par une garnison étrangère ?
– Pire que ça. J'ai été attaqué par une femme !
Il avait reçu une livraison de produits de luxe commandés à Paris : des essences de fleurs, des savons, des pommades, des poudres…
– Pour vous faire beau dans votre château de Ruffec ? dit Rose.
– Ce n'est pas parce que je suis en exil que je ne veux pas rester en odeur de sainteté. Dans mon métier, il importe d'être au parfum.

La personne qui l'avait livré était une très belle femme, plaisante et chaleureuse, qu'il avait invitée à demeurer au château quelques jours – on s'ennuie tellement, lors de ces exils en province ! Elle était drôle, charmante, elle savait des milliers d'anecdotes sur la vie parisienne... Et quand elle était partie il s'était rendu compte que le code s'en était allé avec elle.
– Bref vous vous êtes laissé séduire par une aventurière, résuma Léonard. Ça nous arrive à tous.
L'aventurière s'était présentée comme une employée de chez Guermain, le grand parfumeur.
– N'importe qui s'y serait laissé prendre, dit le comte. C'était une créature délicieuse et très bien mise, on lui aurait donné le Bon Dieu sans confession. Ses robes lui donnaient la beauté et l'innocence d'un ange, avec des falbalas partout, vous voyez ? Elle portait ces vêtements d'aujourd'hui, courts en haut et en bas, voyants et provoquants, à la limite de la vulgarité. À part ça je ne connais d'elle que son nom : Suzelle Olivier.
Rose parut contrariée. Elle se rappelait fort bien Mlle Olivier, c'était elle qui l'habillait. Elle lui avait même fourni une robe de mariée que M. le comte aurait sûrement jugée « voyante et provoquante ».

Ainsi cette Suzelle Olivier s'habillait au Grand Mogol et faisait un trafic de codes secrets… Rose comprenait mieux pourquoi la reine avait eu l'idée « impromptue » de leur confier les recherches. La question qu'elle se posait maintenant était : comment l'employée d'un parfumeur avait-elle les moyens de s'habiller chez la modiste la plus en vogue ? C'était là un secret qu'ils allaient devoir percer avec ou sans l'aide du code de Broglie.

– Vous ne le connaissez pas par cœur, votre code ? demanda Léonard.

– Il est très compliqué, c'est là toute son efficacité.

– Vos correspondants ne peuvent-ils nous envoyer une copie ?

– Pour plus de sûreté, nous avons établi deux systèmes différents pour coder et pour décoder. Chaque informateur a sa propre grille de codage, et seul le maître du cabinet noir, le chef du service d'espionnage, était en mesure de décoder l'ensemble des messages. Le maître, c'était moi.

– Et l'homme qui a conçu le système ? Vous l'avez jeté aux crocodiles ?

– C'était un vieux mathématicien à qui on avait interdit de garder copie de son travail. Il est mort il y a deux ans.

– Le feu roi savait s'attacher des serviteurs zélés, constata le coiffeur.
– Il les rétribuait à hauteur de leur fidélité, nous n'avions pas à nous plaindre, dit le châtelain de Ruffec.
Il ne restait plus qu'à espérer que cette affaire aurait pour eux le parfum de la réussite et de la gloire, non la pestilence de l'échec et de l'opprobre.

3
Qu'est-ce qu'on a fait au Bon Dieu ?

À vingt-quatre ans, à défaut d'être un grand monarque, Louis XVI était un grand roi par la taille, et même un gros roi balourd et myope. Il avait l'habitude d'ajuster discrètement un lorgnon sur son nez pour tenter de discerner ce qui était loin. Le reste du temps, un serviteur lui chuchotait à l'oreille les noms des personnes à qui il devait s'adresser.

Ce jour-là, Marie-Antoinette surgit dans ses appartements avant qu'il soit midi, ce qui n'était pas dans ses habitudes. C'était le grand moment. Elle allait revoir un membre de sa famille autrichienne, et pas n'importe lequel.

– Mon frère Joseph ! Chez nous ! L'empereur ! Le successeur de Charles Quint ! L'héritier de Charlemagne !

– Ne suis-je pas moi aussi l'héritier de Charlemagne ? se défendit son mari.

– Non, vous êtes l'héritier de Pépin le Bref et des rois fainéants.

Louis XVI préféra se concentrer sur son jabot de dentelle plutôt que de rétorquer.

– Vous verrez, dit son épouse. Mon frère est très popote-famille. Nous vivions ainsi, à Vienne.
Le roi se demanda s'il allait devoir lui taper dans le dos et l'appeler « mon frangin ».
– Ce sera l'occasion de bousculer un peu l'étiquette, se réjouit Marie-Antoinette.
– Mais l'étiquette c'est la monarchie ! déclara son mari.
Et voilà ! Les Autrichiens n'étaient pas encore arrivés qu'ils pouvaient jeter à bas la couronne de France ! Les Goths étaient de retour, comme à la chute de l'empire romain ! Tous aux donjons !
Il était un peu nerveux.
– C'est mon premier empereur, je suis intimidé.
Le porte-linge du roi lui tendit un mouchoir repassé.
– Ainsi, dit-il, Votre Majesté comprendra ce que son peuple éprouve à son égard.

*

À huit heures et quart, l'empereur Joseph II quitta l'hôtel de Tréville, près du jardin du Luxembourg, où il avait dormi. Comme il voyageait incognito sous le nom de « comte Falkenstein », la garde royale n'avait pas dégagé la rue, qui était bouchée.
– Qu'est-ce donc ? demanda Joseph.

– Un encombrement de circulation, Sire, répondit son ambassadeur.
– Comme c'est amusant !

À neuf heures et demie du matin, on vit sa voiture franchir les grilles du château de Versailles. En descendit un homme mince, de haute taille, vêtu d'un simple habit de drap noir, suivi de l'ambassadeur d'Autriche. Joseph monta directement à l'appartement de la reine par un escalier dérobé. Celle-ci, très émue, se jeta dans ses bras comme on faisait à Vienne. Ils restèrent seuls pendant trois quarts d'heure, ils avaient sept ans d'éloignement à rattraper. Puis elle l'entraîna chez le roi, chez les princes et chez les princesses.
Un problème d'étiquette aurait pu se poser. Pour l'empereur, il convenait d'ouvrir les portes à deux battants et pour le comte Falkenstein, un seul battant. La solution consistait à faire accompagner le « comte » par la reine, si bien qu'on ouvrait à deux battants pour elle et qu'ils entraient main dans la main. Le protocole était comme la mayonnaise : même en cas de difficulté, rien n'était jamais fichu. Ils passèrent d'appartement en appartement en débutant par celui des vieilles tantes du roi, ensuite chez le frère aîné du roi, puis chez son frère cadet,

puis chez sa petite sœur, puis chez les cousins Orléans, chez les cousins Condé, chez les cousins Conti…

– Y a-t-il une pièce de cette bâtisse que je n'aie pas encore vue ? demanda Joseph au bout d'un moment.

– Le château compte deux mille pièces, Sire, répondit son ambassadeur.

Il avait l'impression d'être Thésée dans un labyrinthe où des minotaures menaçaient de l'attaquer dans tous les coins.

Deux ans plus tôt, la comtesse d'Artois, belle-sœur de Marie-Antoinette, avait accouché d'un fils. Après être allée la féliciter, la reine avait été raccompagnée chez elle par une cohorte de poissardes des Halles venues offrir leurs « hommages ». Elles la tutoyaient et lui criaient que c'était à elle de faire des enfants. Marie-Antoinette en avait pleuré une heure durant.

Dans une des pièces du château, on présenta à l'empereur un garçon d'un an et demi habillé en petite fille comme il était d'usage.

– Voici donc l'héritier du trône ! dit Joseph, au grand dam de sa sœur.

– L'héritier présomptif ! précisa Louis XVI. En attendant que nous ayons nos propres enfants !

– Oui, oui, dit gravement le beau-frère. On m'a parlé de ça…
Joseph prenait en son for intérieur des notes sur l'état de la famille de France. Le premier frère du roi était un être ambigu, glacial, déjà embarrassé par son gros ventre à l'âge de vingt ans. Sa femme était une Italienne laide et grossière. Le deuxième était un sot prétentieux, et la mère du petit une idiote absolue. Il n'y avait qu'une personne qu'il n'avait pas vue : Louise, la carmélite, brouillée avec son neveu le roi. Ce dernier avait en effet refusé de lui verser une pension phénoménale au prétexte qu'elle avait fait vœu de pauvreté.
– Je vous propose un déjeuner intime, dit Marie-Antoinette à Joseph.
Il se réjouit, il avait eu peur de devoir manger avec la galerie d'abrutis qu'il venait de rencontrer.
Une table avait été dressée dans la chambre de la reine. Les trois dîneurs s'assirent sur des tabourets hauts et inconfortables, le couple royal côte à côte, dos au lit, l'empereur en face d'eux. La pièce était pleine de gens debout qui les regardaient.
– Vous savez, dit Joseph, nous avons à Vienne une innovation intéressante. Cela s'appelle « la salle à manger ». On y met des portes et on les ferme.

La reine n'avait pas pris le temps de se changer, elle arborait son nouveau déshabillé « Qui est là ? ». En habit violet, les cheveux poudrés, son mari était presque élégant. Il avait fait déposer dans la chambre une horloge qu'il avait fabriqué lui-même, avec l'idée de recevoir les compliments de son invité. Quand ce dernier s'informa des loisirs du roi de France, Louis XVI désigna l'horloge avec fierté. Quelque chose s'était coincée dans un mécanisme, pourtant monté avec un soin méticuleux : les aiguilles tournaient à l'envers. Joseph consulta sa montre de gousset.

– Ah, mais cette pendule remonte le temps, dites-moi !

– Vous croyez, mon cher beau-frère ? demanda le roi.

– Vous avez des horloges passéistes.

Louis XVI piqua du nez dans ses petits pois.

– L'artisan qui vous l'a vendue est nul, insista Joseph. Faites-lui donner le fouet.

– Oui, oui, on verra, répondit le roi qui avait repris ses esprits. Cet homme a sûrement fait de son mieux, vous savez. Il y aura mis tout son cœur, tout son temps, on ne peut le blâmer pour un petit détail.

– Si, si, on peut, répondit Joseph. Chez nous, à Vienne, on appelle ça du sabotage. Il recevrait des

coups de badine devant mon palais de la Hofburg. Je vous assure que je lui passerais le goût de me fournir des pendules détraquées !
Marie-Antoinette jugea urgent de faire diversion.
– Goûtez donc ces biscuits, mon frère, mon officier de la Bouche les réussit à merveille.
– Délicieux. Qu'y met-il ?
– De la ciguë, de l'arsenic et de l'antimoine, grommela Louis XVI.
Marie-Antoinette redoubla de mamours pour faire « jeune couple amoureux ». Elle savait que cela serait raconté à sa mère, fâchée qu'elle n'ait pas encore eu d'enfant.
– Une aile rôtie, Poupougnet ?
Poupougnet en voulut bien.
Le défilé des courtisans qui traversaient la chambre d'apparat gênait l'empereur.
– Je pensais que ce déjeuner serait intime.
– Oh, nous sommes seuls à déjeuner, dit Louis XVI. En revanche l'étiquette ne permet pas d'interdire aux courtisans d'entrer.
– Mais ils nous regardent…
– Non, ils nous admirent.
Les courtisans les dévoraient des yeux et échangeaient des commentaires à voix basse. De l'admiration à l'indiscrétion, il n'y avait pas loin.

Malgré l'insistance de sa sœur, Joseph refusa d'habiter dans un château où chacun se permettrait de l'espionner, il aurait davantage d'intimité au cabaret ou à l'auberge, déguisé en simple particulier. Et puis, en ville, il pourrait s'en aller à Paris quand il le voudrait. C'était la première fois qu'il échappait aux espions dont sa mère l'entourait à Vienne, il souhaitait rester libre de ses mouvements. Cette idée effraya Louis XVI.

– Descendre à l'hôtel ! Quelle imprudence ! On pourrait vous assassiner !

– Oh ! Je ne crains pas grand-chose ! Ici, je ne suis rien. C'est le roi de France que les gens voudront tuer.

Il se posait en prince des Lumières, aussi s'étonna-t-il qu'on ne lui ait pas encore proposé de rencontrer des philosophes.

– Ce sont des gens très sympathiques, ne trouvez-vous pas, mon cher beau-frère ?

Le beau-frère et sa femme pincèrent le nez.

– Oui. Surtout vu de l'étranger, répondit Louis XVI. Apprécier les agitateurs chez les autres est plus facile que de cohabiter avec les siens.

Joseph les jugea bien ronchons.

– Racontez-moi un peu l'Autriche, cher comte Frankenstein… demanda le roi.

– Falkenstein, corrigea l'empereur.
– Oh, pardonnez-moi ! Quel monstrueux lapsus ! Comment vous partagez-vous le trône, avec votre co-régente ?
Il faisait allusion au fait que la mère de l'empereur n'avait jamais lâché les rênes du pouvoir.
– C'est très simple, dit Joseph, nous avons divisé le palais. Elle possède le premier étage et moi, le deuxième. Nous échangeons des billets par l'intermédiaire des secrétaires.
– Bravo. Belle intimité familiale.
Quand Joseph eut pris congé, Marie-Antoinette murmura :
– Mon frère, loger au cabaret, vous rendez-vous compte ?
– Oui, dit Louis XVI. Quelle chance.

4
L'art de se mettre au parfum

Puisque d'agréables obligations familiales retenaient Mlle Bertin chez elle, Léonard se présenta seul dans la parfumerie où une vendeuse était soupçonnée d'avoir volé le code de Broglie.
C'était rue du Roule, dans le quartier du Louvre. Une enseigne au Gai Narcisse ornée de la fleur en question surmontait une inscription où l'on pouvait lire : « Philidor Guermain, parfumeur gantier ». On avait laissé un espace libre à côté, comme pour ajouter un jour la mention « Fournisseur de telle ou telle Altesse Royale », dès qu'on aurait réussi à intéresser les princes à la cause des essences végétales onéreuses.
La parfumerie-ganterie était une boîte à bijoux géante remplie de pots et de flacons dont les étiquettes proclamaient : « Guermain, parfumeur des rois, roi des parfumeurs. » Au mur, des gravures en couleurs dans des cadres dorés représentaient les monarques étrangers censés faire partie de la clientèle. Là aussi, un cadre vide suggérait qu'on attendait d'y placer une tête versaillaise. On avait

raté Louis XV trois ans plus tôt, on espérait bien se rattraper avec son successeur.

Voilà une boutique bien prétentieuse, se dit Léonard tout en se promettant d'agrémenter son salon de portraits de princes et de princesses emperruqués.

Philidor Guermain, le propriétaire, lui proposa de respirer sa dernière création, le Royal Guermain, une composition originale à base d'encens indien, de nard celtique et de myrte d'Anatolie incorporés à des huiles de myrtille, de coing et de nénuphar.

– Formidable ! dit Léonard. Et du parfum, vous en mettez aussi dedans ?

Comment pouvait-on fabriquer des odeurs plaisantes avec des substances dont nul n'avait la moindre idée de ce qu'elles sentaient ? Que diraient ses propres clientes s'il proposait de leur faire un chignon à la « branquignole » sur une base de « schmulbluque » ?

Guermain avait créé une gamme de poudres et pommades pour les soins des cheveux. Il en offrit au coiffeur et suggéra :

– Vous pourriez présenter à la reine le créateur de ces produits.

Léonard se raidit. Le mot fatal ! Depuis qu'il coiffait Marie-Antoinette, tous les petits arrivistes de Paris sautaient sur son dos comme des puces avec l'espoir de la rencontrer. Qui n'était prêt à tout pour une part du gâteau royal ? Que croyaient-ils ? Pour servir la reine, il fallait du talent ! Beaucoup de talent ! Le talent de savoir garder ses privilèges pour soi, par exemple !

Philidor Guermain lui montra une tête en bois surmontée d'une perruque coiffée à la façon de Léonard.

– Regardez, je me suis procuré une de vos coiffures pour voir comment elles sont faites.

– Je vois, je vois, dit l'artiste capillaire.

Le parfumeur ôta avec soin les différentes couches de cheveux qui composaient l'ensemble.

– J'ai découvert que vous placiez sur la tête des dames un bouffant de crin et de gaze sur lequel vous relevez et pommadez la chevelure. Puis vous la poudrez d'amidon parfumé et y ajoutez des postiches.

– Bravo, vous avez éventé mes petits secrets, je vous félicite.

– Je suis votre meilleur allié, je puis vous procurer des onguents de meilleure qualité que ceux-là.

Il fit signe à son vendeur, un jeune homme mince aux traits fins, qui apporta des poudres et pommades plus délicates et plus respectueuses du cheveu. Mais Léonard se fit prier.

– Je suis très exigeant, vous savez. Je travaille du peigne et de l'esprit, je suis académicien de coiffures et de modes.
– Parfait, dit Guermain. Et moi, je suis pour la révolution !
– Tiens donc ?
– La révolution olfactive ! Grâce à moi, mes clients sentent le propre !
– Ils pourraient essayer de se laver, suggéra le coiffeur.
– Quelle horreur ! La nudité heurte la pudeur ! L'eau expose à la transmission des maladies, on ne sait jamais ce qu'il y a dedans. Mieux vaut changer sa chemise pour une propre parfumée par mes soins que se laver. À bas cette obsession de l'hygiène si dangereuse que prônent des médecins qui veulent paraître originaux !
Pour le moment, les parfumeurs fournissaient le savon. Le jour où ils seraient en mesure de fournir aussi l'eau, ils vanteraient peut-être les mérites de la toilette humide. Jusque-là on en resterait aux serviettes, aux talcs et aux crèmes nettoyantes.
Léonard condescendit à accepter une livraison de produits Guermain qu'il paierait plus tard.
– Quand ça, « plus tard » ? demanda Guermain.

– Quand mes clientes en seront contentes. Je n'achète pas un chat dans un sac.
– Et moi je ne jette pas mon argent dans un puits, rétorqua le parfumeur.
On approchait du moment où le coiffeur risquait d'être chassé de la boutique et le sujet de la voleuse de code secret n'avait pas été abordé. Une jeune femme entra d'un pas décidé, suivie d'un laquais qui portait une grosse boîte en bois ciré.
Léonard haussa le sourcil. Voilà que Rose venait empiéter sur une enquête qu'il menait de main de maître.
– Vous ne deviez pas vous occuper de vos Bertin, vous ?
– Ce sont mes Bertin qui se sont occupés de moi, répondit la modiste.
Elle pria son laquais d'ouvrir la boîte.
– Vous m'apportez des fleurs ? dit Guermain. Comme c'est gentil !
– Ce n'est pas pour vous, dit-elle avec un sourire.
Ces fleurs venaient d'un couvent d'Italie, elles étaient en batiste fine, en taffetas et en gaze plâtrée. La modiste souhaitait qu'il leur ajoute le parfum correspondant. C'était une création à l'intention de la reine, qui était si bonne et qui avait tant de goût pour la nouveauté.

– La reine veut quelque chose de nouveau, dit Guermain, j'ai compris !
– La reine désire qu'on lui soumette chaque jour une création originale, dit Rose.
– Chaque jour ! répéta Guermain avec enthousiasme.
Il se confondit en remerciements devant cette perspective. La modiste précisa le projet : les roses devraient sentir la rose, le jasmin de même, leur parfum ne devait jamais virer ni s'estomper. Et la tulipe…
– Ça ne sent rien, la tulipe, objecta le parfumeur.
– À vous de faire preuve d'imagination, Maître Guermain !
Le mot « Maître » le fit rougir.
– Croyez-vous que la reine…
– Voudra vous voir ? Pourquoi pas ? Vous êtes mon égal dans votre partie !
Il suffoquait de bonheur. Il était dévoué à Sa Majesté. Il lui mangerait dans la main comme un canari en cage.
– Maître Guermain, il manque quelque chose sur votre enseigne…
– Quoi donc ?
– La mention de « fournisseur de la Cour ».

Le parfumeur lévitait comme Sainte Thérèse d'Avila recevant la Révélation divine sur le chemin du carmel. C'était le moment, il était mûr.
– Maître Guermain, je n'ai qu'un mot à vous dire.
– Dites-le ! implora-t-il d'une voix mourante.
– Suzelle, ce nom vous dit quelque chose ?
– Oui ! Merci !
– …
– Pardon ? dit-il comme s'il se réveillait d'un beau rêve.
– Savez-vous où nous pourrions trouver Mlle Suzelle Olivier ? Nous avons à lui parler.
– J'aimerais bien lui parler aussi. Voici un mois qu'elle a disparu !
– Votre vendeuse a disparu ?
– Ma vendeuse, je l'ai remplacée, mais pas ma fiancée.
Rose comprenait mieux comment cette demoiselle avait pu s'offrir une robe de mariée digne d'une princesse : le parfumeur avait payé pour elle.
– Votre fiancée est soupçonnée d'avoir commis un vol, l'informa Léonard pour participer à l'entretien.
Rose lui donna un coup de pied dans la cheville.
– C'est parfait, dit-elle avec un sourire, nous pourrons faire d'une pierre deux coups : récupérer notre bien et vous rendre votre chère et tendre.

– Ça m'étonnerait, dit Guermain, elle est partie à l'étranger.

Il retira de sa poche un billet. On pouvait y lire : « Mon gros Dodo, je te quitte. » La suite indiquait qu'elle ne quittait pas seulement la parfumerie, mais le royaume. Elle s'en allait refaire sa vie ailleurs.

– Comme ça ? Toute seule ? Avec ses cliques et ses claques ?

– Avec ses cliques, ses claques et Montaine de Maronval.

– Qui est ce monsieur ?

– C'est une dame.

Ils s'étonnèrent qu'une employée prenne la route de l'exil au moment de se faire passer la bague au doigt. D'ordinaire, elles se battaient plutôt pour se faire conduire à l'autel et devenir patronne à la place du patron.

– Vous comprenez, je suis veuf. Alors, un second mariage… Merci bien, j'ai donné.

Guermain s'était fait tirer l'oreille pour épouser Suzelle, il n'avait guère envie de replonger, surtout avec une femme comme elle, libre et indépendante. Pour gagner du temps, il l'avait laissée acheter elle-même sa robe de mariage chez Rose Bertin.

– Je m'en souviens, dit la modiste. J'espère que nous reverrons bientôt votre Suzelle, elle a très bon goût.
– Le très bon goût de se fournir chez vous ? traduisit Léonard.
– C'est déjà un indice. Vous a-t-elle consulté sur sa coiffure ?
– Je ne coiffe pas les aventurières.
– Vous voyez, elle sait choisir ses artisans.
– Moi, un artisan ? Vous faites erreur.
Après que Guermain eut attendu patiemment qu'on en revienne au sujet de leur visite, ils demandèrent s'il avait idée de la destination qu'elle avait prise.
– À mon avis, elle est partie épouser un duc allemand.
– Pourquoi allemand ? demanda le coiffeur.
– Parce qu'il y a plus de ducs en Allemagne qu'ailleurs, avec tous ces petits duchés qu'ils ont partout. Suzelle a toujours eu des ambitions très simples. Toutes les fillettes se rêvent en princesses mais, à ses yeux, un titre de duchesse était assez.
Il ajouta que le voyage ne lui posait pas de problème, car elle avait ses propres revenus.
– D'où les tirait-elle ?

– Je l'ignore, j'ai supposé qu'elle possédait une fortune de famille.
Rose réfléchit. Une belle jeune femme, un carrosse, une robe de mariée toute prête, sortie des mains des meilleures couturières de Paris… On ne la reverrait jamais ! Le premier duc allemand célibataire ferait d'elle sa *Verlobte* ou même sa *Frau*, il n'y en aurait aucun pour lui dire *nein*. À l'heure qu'il était, elle devait régner sur un château-fort façon « contes de Perrault » dominant un petit village rempli de paysans bavarois ou saxons en culottes à bretelles.
– Si j'avais su, je lui aurais fait une robe de mariée à brandebourgs[3], dit Rose. Elle aurait été dans le ton.
– Je me souviens que vous l'aviez décorée de narcisses en l'honneur de mon établissement, dit Guermain.
Ils voulurent qu'ils lui décrivent sa Suzelle.
– C'est une femme très attirante, dit le parfumeur avec nostalgie. Elle dégage une fragrance boisée, avec un zest d'agrumes et une touche d'algues marines.
– Nous n'allons pas renifler toutes les femmes qui passent, dit Léonard.

---

3 Ornements brodés inspirés par les uniformes germaniques.

– Je crains que cela ne nous aide pas beaucoup, dit Rose. Vous n'auriez pas un portrait, plutôt ?
Il ôta la chaîne qui pendait à son cou et ouvrit un médaillon qu'il avait fait peindre. On pouvait y voir une jeune femme blonde, et le couvercle contenait une mèche de cheveux coupés.
– Ah, mais je me souviens d'elle ! dit Léonard.
– Son visage vous rappelle quelque chose ? demanda Rose.
– Rien du tout, mais je connais ces cheveux. Ils viennent de chez moi.
– Donc vous la coiffiez, finalement.
– Il n'y a pas de blonde à Paris qui ne fréquente mon salon, ma chère.
– Et les blondes pauvres ?
– Les pauvres ne sont pas blondes, elles ont les cheveux jaunes. Seules les femmes qui passent entre mes mains sont vraiment blondes : blond cendré, blond roux, blond vénitien, blond « foins coupés », blond « toison d'ange », le choix est vaste. La blondeur est un art !
Le parfumeur se racla la gorge, il avait quelque chose à ajouter.
– Quelque temps après le départ de Suzelle, j'ai rencontré son amie Montaine de Maronval dans les rues de Paris alors que je les croyais toutes les deux

en Allemagne. Cette coquine a eu le toupet de nier avoir jamais mis les pieds outre-Rhin ! Quelle menteuse ! Je lui ai demandé où était Suzelle et ce qu'elle avait fait d'elle.

Guermain avait la plus mauvaise opinion de cette Montaine, elle menait des activités louches, se mêlait d'on ne savait quels trafics sordides... Bref elle n'œuvrait pas dans la parfumerie.

– Ses manières sentent le roussi et ses manigances ont un relent d'illégalité, conclut-il avec une grimace.

Elle avait osé lui dire qu'elle n'avait pas vu Suzelle depuis longtemps. C'était difficile à croire : cette Montaine ne pouvait s'empêcher de se mêler des affaires des autres, elle était toujours à courir partout, à se renseigner, à échafauder des plans, c'était une intrigante.

– J'en connais d'autres, dit Léonard en désignant discrètement Rose.

Quels que soient leurs projets, Guermain les supplia d'agir avec discrétion. Sa parfumerie marchait très bien, mais il ne pouvait absolument pas se permettre d'être mêlé à un scandale, ses affaires en pâtiraient. Tandis que les nobles qu'il fournissait pouvaient s'autoriser toutes les frasques, celles des parfumeurs ou de leurs employés étaient jugées inconvenantes.

D'autant plus que Suzelle avait une forte personnalité et qu'elle buvait à l'occasion.
– Elle boit souvent ? demanda Rose.
– Disons qu'il y a beaucoup d'occasions.
– Vous les choisissez bien, vos fiancées, dit Léonard.
– C'est pourquoi nous en restons aux fiançailles.
Il espérait que Suzelle ne s'était pas mise dans un mauvais cas.
– Je comprends, dit Rose, vous tenez encore à elle, malgré tout.
– Je souhaite surtout que mon nom ne soit pas prononcé en mauvaise part.
Sa marque de fabrique était connue par-delà les frontières, depuis les forêts de Saxe jusqu'aux plaines d'Andalousie. Il était le parangon des parfumeurs, le maître des effluves, le sorcier des fragrances !
– Vous m'en direz tant, dit le maître des fausses mèches poudrées.
– Je vous comprends tout à fait, répéta Rose. Une situation peut être tellement compromise par les actes irréfléchis d'imbéciles de notre entourage.
Elle s'abstint de désigner le coiffeur à côté d'elle.
Guermain paraissait tourmenté.
– Je dois vous avouer autre chose.

Comme il n'arrivait pas à s'exprimer, il respira un peu de sels de pâmoison à l'ammoniaque pour se donner du courage. Il y avait visiblement un os dans les giroflées.

– En réalité, je pense savoir comment Suzelle se procurait son argent. Elle avait une deuxième activité, en plus de porter mes créations à nos clients : elle effectuait des livraisons pour certaines personnes.

– Qui ça, quoi ça ? demanda Léonard, que ces atermoiements énervaient.

Guermain prit une grande inspiration.

– Il s'agit d'une instance mystérieuse, d'un cabinet noir, leur confia-t-il à voix basse.

Le jeune vendeur qui remplaçait Suzelle continuait de s'affairer autour d'eux sans paraître prêter attention à leur conversation. Son patron se mit à chuchoter.

– Avez-vous entendu parler du Secret du roi ?

Après un instant de stupeur, ils firent « non » de la tête, l'un et l'autre, avec un bel ensemble dont la reine aurait été fière.

– Sous couvert de distribuer nos parfums ici et là, je suis sûr qu'elle portait des messages, qu'elle transmettait des consignes… Je crois bien qu'elle espionnait un peu.

– Quelle horreur ! dit Rose. À qui se fier, je vous le demande ?
Cela pouvait expliquer sa fuite à l'étranger. Et aussi qu'elle se soit emparée du code de Broglie pour, par exemple, le négocier auprès du roi de Prusse, qui payait en bons thalers d'argent. Elle tenait de quoi s'offrir une dot assortie à sa robe de mariée.
– Dites-moi, demanda Rose. Où Suzelle pourrait-elle se cacher si elle était de retour à Paris ?
Philidor Guermain possédait une maison dans le village de Passy où elle allait souvent, du temps où ils s'aimaient d'amour. Lui-même n'y avait pas mis les pieds depuis qu'il avait reçu cette lettre de rupture, il avait là-bas trop de souvenirs de leur tendresse. C'était un petit domaine avec un atelier, il y était au calme pour tester les formules des poudres et pommades qui faisaient son succès. Le gardien qu'il entretenait à demeure avait fort bien pu ouvrir à la jeune femme sans l'en informer.
Guermain rédigea un mot à l'intention de cet homme, dans lequel il le chargeait de montrer à Rose et Léonard la propriété et de répondre à leurs questions, si indiscrètes soient-elles.
– Oh ! Ce n'est pas notre genre ! affirma Rose.
– Écrivez quand même « indiscrètes », lui conseilla Léonard.

Tout en rejoignant leur voiture, ils récapitulèrent ce qu'ils venaient d'apprendre. Selon toute vraisemblance, Suzelle Olivier n'était pas une vulgaire voleuse par occasion, elle savait exactement ce qu'elle faisait. Elle utilisait la parfumerie comme prétexte pour faire circuler des correspondances au bénéfice de certains membres du Secret du roi. Pourtant ce cabinet noir avait été dissout et le comte de Broglie ne le connaissait pas. Il fallait prier le Bon Dieu que Suzelle n'ait pas décidé de se mettre au service d'un royaume étranger. Dans ce cas, le code de Broglie risquait d'avoir filé chez les pires ennemis de la France. Ce voyage en Allemagne était très suspect. Amour et trahison ! Tout un programme !

– La trahison ne me semble pas une très bonne base pour débuter un mariage, dit Léonard.

– Je ne connais pas de bonne base pour un mariage, dit Rose, c'est pourquoi j'y ai renoncé.

Oui, ou par nécessité, songea le coiffeur en regardant ce petit bout de femme autoritaire et impatient qui trottinait en direction de leur carrosse.

5
Eve à la paume

Léonard se rendait au jeu de paume de Vaugirard. Le parfumeur avait indiqué que Mme de Maronval y passait son mardi. Les salles de jeu de paume étaient un univers masculin. Seuls les hommes s'offraient le luxe de prendre de l'exercice, de dilapider leur surcroît d'énergie à des activités improductives. De leur côté, les femmes avaient assez à faire avec les travaux ménagers et le reste. Les plus riches pratiquaient l'équitation, elles chassaient le renard dans les bois, elles ne venaient pas s'exhiber en tunique devant des gradins. Léonard s'attendait à tomber sur une lingère ou sur une sirotière munie d'un panier de limonades.
La traversée de Paris fut assez difficile car l'empereur Joseph II avait décidé de visiter discrètement la ville avec une petite suite de carrosses qui encombrait. On le croisait à l'École militaire, à l'Imprimerie royale du troisième guichet de la grande galerie du Louvre, à la manufacture des Gobelins, aux Ponts et Chaussées, dans le jardin du

Palais-Royal et à la Comédie-Française, moins pour les tragédies que pour les tragédiennes.

Enfin parvenu au jeu de paume, Léonard pénétra dans une salle oblongue éclairée par des fenêtres ouvertes à hauteur du plafond. En bas, des palissades protégeaient le personnel qui circulait dans les coursives. Des balcons avaient été aménagés à mi-hauteur des murs pour les spectateurs. Deux joueurs échangeaient des balles avec de grands « ha ! » et de grands « han ! » pleins de hargne. Ils avaient troqués leurs perruques contre des bonnets – il était impensable de laisser voir ses vrais cheveux, coupés courts et non poudrés – et portaient une sorte d'uniforme, chemise et culotte blanches, qui leur évitait de salir leurs coûteux vêtements de ville.

Paris comptait un grand nombre de ces salles, et des milliers de personnes en vivaient d'une manière ou d'une autre. La France était semée de jeux de paume, au point qu'ils paraissaient parfois plus nombreux que les églises. Le coiffeur avisa un petit groupe de femmes qui pliaient des serviettes en papotant.

– Mme de Maronval ? demanda-t-il à la cantonade avec l'idée qu'une d'entre elles allait répondre.

On lui désigna les joueurs. À mieux y regarder, l'un d'eux était une joueuse. C'était d'ailleurs le plus vigoureux. La rencontre s'acheva bientôt, dès qu'elle eut envoyé sa balle dans les parties sensibles de son adversaire, qui termina l'échange plié en deux. Après avoir repris haleine, le perdant jeta sa raquette au sol avec un juron. Comme sa partenaire l'attendait patiemment au filet, il jugea prudent de ramasser sa raquette et d'aller serrer la main de la championne qui avait eu le dessus et pouvait l'avoir encore, par exemple à la lutte gréco-romaine.
Les porteuses de serviettes s'empressèrent comme les Romains autour d'Horace après qu'il eût vaincu le dernier Curiace. Il apparut que Montaine de Maronval était la meilleure joueuse de Paris, comme Marie la Hennuyère sous le règne de Charles VII. Les hommes avaient beau se réserver nombre d'activités, ils n'étaient pas à l'abri de déconvenues s'ils laissaient la porte entrouverte.
Puis elle disparut dans les vestiaires, qui étaient pleins d'hommes dénudés. Des uniformes pendaient sur des cintres. Des ordonnances d'armée surveillaient les bottes de leurs officiers. Les militaires cherchaient à s'occuper entre deux campagnes, pas comme ces érudits qui passent le temps au coin du feu avec un bon livre. La plupart

d'entre eux étaient jeunes, bien faits et moustachus. Léonard avait l'air d'une cocotte en plume.
Tel n'était pas le cas de Montaine de Maronval, grenadière parmi les grenadiers. Pas du tout dérangée par la proximité de ces messieurs, qui d'ailleurs ne lui prêtaient aucune attention, ni par l'odeur musquée qui régnait sur le vestiaire, elle se lavait à l'aide de compresses humides. Aussi Léonard vit-il qu'il avait indubitablement affaire à une femme, si charpentée soit-elle.
– Désolé, je n'ai pas besoin de coiffeur aujourd'hui, lui lança-t-elle.
– Je ne suis pas coiffeur.
Elle le considéra plus attentivement.
– Ah bon ? J'aurais cru, vous êtes frisé comme un merlan.
– On dit « artiste capillaire ». Et vous, vous êtes boxeuse à raquette ?
– Ah, on a de l'esprit dans la coiffure, dit-elle en reprenant ses travaux de nettoyage.
Elle s'enveloppa d'une robe de chambre coupée dans un tissu coûteux – Rose aurait su lequel.
– J'ignorais que les dames étaient admises à la paume, dit le visiteur. Vous connaissez bien le directeur de la salle, sans doute.
– Très bien. Vous l'avez devant vous.

La décence ne permettait pas à une dame de s'exhiber dans un jeu de paume, mais elle ne l'empêchait pas de posséder la salle, ni un directeur de s'entraîner.
– On ne prend plus d'abonnés en ce moment, mon petit, la liste est close.
– Je ne joue pas, répondit Léonard, ça dérange ma coiffure et après je sens le bouc.
La directrice hocha la tête d'une manière qui signifiait « petite nature, va ». Apparemment, Montaine de Maronval gagnait principalement sa vie en fournissant aux joueurs les boissons et le linge. Il y avait aussi des cabinets privés. Un monsieur cria qu'il attendait sa « serviette ».
– On vous l'envoie, cher ami !
Montaine fit signe à l'une des lingères. Léonard eut l'impression qu'il s'agissait de lui fournir davantage qu'une serviette.
– Fais-toi payer d'avance, dit la patronne. Demande-lui un supplément, dis-lui que c'est ta fête.
Le coiffeur s'étonna.
– Vous exploitez ces filles ?
– Non, j'exploite les greluchons qui font appel à elles. Les hommes sont comme les fruits à noyau, il faut prendre le bon et jeter le reste.

L'incongruité de la présence du coiffeur lui apparut soudain.
– Que puis-je pour toi, mon joli ?
Léonard lui montra la lettre par laquelle Suzelle déclarait s'enfuir à l'étranger en sa compagnie.
– Elle a envoyé ça à son parfumeur ? dit Montaine en riant.
– Vous ne l'avez donc pas emmenée voir un duc allemand ? demanda le coiffeur.
– Et pourquoi pas un prince ? Ai-je une tête à viser bas ?
Pour ce qu'il en avait vu tout à l'heure, elle avait une tête à viser au milieu.
Elle interrompait de temps en temps leur conversation pour taper dans la main des militaires qui s'en allaient. Léonard se dit qu'il n'était pas dans le jeu de paume le plus chic de Paris.
– Il y a la garnison du Royal Condé, à côté, dit Montaine, qui avait suivi le fil de sa pensée. Ces messieurs sont en général bien élevés et leur solde est généreuse.
Elle l'invita à monter prendre un verre dans son bureau et donna au passage une tape au derrière d'une de ses employées.
– Tu nous apporteras deux verres de chianti, j'ai à causer avec Monsieur.

Une fois dans le bureau, il vit qu'elle prisait le tabac.
– Où est Suzelle ? demanda-t-il.
– Je ne suis ni sa gardienne ni ton agent de renseignement, mon mignon, dit-elle entre deux aspirations de poudre noire.
Mon mignon commençait à être las de cette condescendance. Elle savait peut-être manier la raquette, mais, après tout, il était lui-même un as du fer à friser.
– Je représente une personne bien placée à la Cour qui souhaite vivement retrouver Suzelle. Une personne *très* bien placée…
– Tant mieux pour toi, mon beau. Tu comprendras que je n'aie pas peur d'un coiffeur.
Elle saisit un morceau de bois et l'écrasa dans son poing fermé. Quand elle rouvrit la main, il n'en tomba que des débris. Le visiteur déglutit.
– Vous avez tort. Un coiffeur peut se crêper le chignon avec n'importe qui, il est habitué à couper les cheveux en quatre et il peut vous faire boucler.
Montaine de Maronval sourit.
– Tu es amusant, dans le genre grenouille enfarinée. Écoute, je ne suis jamais allée en Allemagne et je n'ai pas vu Suzelle de tout le mois. Depuis quand les employées des parfumeries intéressent-elle la Cour ?

Il répondit qu'elles intéressaient aussi Philidor Guermain.
– Après les coiffeurs, les parfumeurs ! s'écria la championne. Il ne nous manque plus qu'un coupeur de corsets ! Qu'ai-je à faire de tout ce monde-là ? Dis à ton Guermain de venir me voir lui-même, on s'expliquera de part et d'autre du filet.
– M. Guermain veut simplement s'assurer que Suzelle n'a pas d'ennuis.
Elle parut intriguée.
– Des ennuis de quelle sorte ? Avec un officier ? Un dragon ? Un lieutenant ?
– Avec un comte.
Il évoqua l'idée que Suzelle avait pu soustraire à un client du parfumeur un document qui ne devait pas circuler hors de contrôle. Vu la doctrine de Montaine, « prenez aux hommes ce qu'ils ont de bon et jetez le reste », son amie Suzelle n'aurait-elle pas poussé l'adage jusqu'à s'attribuer des pièces compromettantes, des correspondances, des écrits ?
– Si elle l'avait fait, crois bien que ce n'est pas moi qui la dénoncerais.
– Vous me le diriez, si vous aviez passé des frontières avec elle ?
– Oh, j'ai passé bien des frontières avec elle, mais pas celle à laquelle tu penses.

Léonard ne s'expliquait pas que Suzelle se soit sauvée au lieu d'épouser Guermain.
– Ce mariage n'aurait jamais eu lieu, dit Montaine. Philidor est évanescent comme son essence de fleurs, il est plus glissant que ses savonnettes et aussi lisse qu'une crème à l'huile.
Selon elle, tout cela n'était qu'une mauvaise plaisanterie de Suzelle. Guermain lui résistait, elle avait voulu lui causer du souci en lui faisant croire qu'elle le quittait pour mieux que lui.
– C'est une chose que font les femmes. Je les ai assez pratiquées pour le savoir.
Léonard était un peu défrisé de voir que cette championne de la raquette avait plus de succès que lui avec les personnes du beau sexe. En faisant beaucoup moins de frais de coiffure et de toilette ! Qui aurait dit qu'elles aimeraient mieux les muscles et la force qu'une chevelure savamment bouclée mèche par mèche et pommadée à la résine d'opoponax !
Léonard tourna le regard vers un mannequin de foin, vêtu d'un uniforme avec galons, tricorne à plumet et bottes de cheval. L'un des habitués de Montaine lui en avait-il fait cadeau ? Flambant neuf, les plis impeccables et l'étoffe n'était pas défroissée.
– Il est beau, hein ? dit Montaine avec satisfaction.

Le coiffeur en déduisit que cet ajustement était à elle. Elle avait dû le faire coudre à ses mesures, pour galoper à l'assaut des forteresses teutonnes ou des bourgs italiens, sabre au clair, dans le ronflement des tambours.

– J'attends mon affectation d'un jour à l'autre, j'ai fait ce qu'il fallait auprès de la maréchale.

Léonard avait assez l'usage du monde pour reconnaître les couleurs du Royal Conti.

– Comment va la princesse de Conti ?

– Mieux que la princesse de Condé puisque je ne vais pas au Royal Condé. Moi aussi, je connais des personnes haut placées à la Cour.

Il la mit en garde :

– Vous avez tort de mentir, vous vous jetez en travers d'intérêts qui vous dépassent.

– Écoute, mon coco, si tu n'es pas venu pour recevoir une correction avec une raquette ou de toute autre manière qui te plaira, je te suggère de vider les lieux avant que je me fâche.

Coco s'en fut sans demander son reste. Il n'avait aucune confiance dans ce personnage. Il les connaissait, ces profiteurs qui passaient les mains dans les cheveux des princesses, qui les envoûtaient par de petites plaisanteries susurrées à l'oreille, qui recueillaient leurs confidences et leur étalaient de la

pommade ! Il fallait se méfier des gens qui approchaient les femmes de trop près !
À moins, bien sûr, qu'ils n'aient un diplôme pour cela, se dit-il après réflexion.

6
La fiancée de Falkenstein

Louis XVI invita l'empereur à chasser avec lui dans la plaine de Meudon. Au retour, ils partagèrent la même voiture, ce qui fut l'occasion de parler un peu métier. Joseph avait déjà parcouru son empire en long et en large. Il ne comprenait pas que Louis XVI ne connaisse même pas très bien Paris.
– Allez donc visiter vos provinces ! Voilà le secret pour vous faire aimer !
Joseph comptait étudier la marine, il avait prévu d'aller à Brest dans le cadre de sa tournée des ports français, il proposa au roi de l'accompagner.
– Ou bien je pourrais déléguer mes frères… suggéra Louis XVI pour écarter de lui la menace d'un long voyage inconfortable.
– Vos frères ? répéta l'empereur. L'un est inquiétant et l'autre irritant, ils ne seront pas très bons comme commis-voyageurs.
– De toute façon, l'idée ne les ravira pas, dit le roi. C'est fatigant, les déplacements. La dernière fois

que je suis sorti, j'étais suivi d'une centaine de carrosses.
– Vous devriez voyager léger, comme moi, incognito. Dans une voiture toute simple, sans plumets, sans escorte... Qui sait ? Cela pourrait vous être utile un jour, de savoir voyager discrètement...
Ils entrèrent chez la reine alors que Rose Bertin était en train de l'habiller pour le bal qu'elle donnait ce soir-là. On présenta « le comte Falkenstein » à la modiste, qui se lança dans une révérence impériale. Joseph n'avait pas trop l'air d'apprécier les ornements de fantaisie dont la robe de sa sœur était chargée.
– Je n'ai sûrement pas enterré mes deux épouses dans des tenues si coûteuses.
– C'est que les dames habillées par moi préfèrent rester en vie pour en profiter, Sire, répliqua Rose.
Un coiffeur s'affairait aussi. C'était François, l'un des trois frères Autier. On le présenta à l'empereur sous le nom de « Léonard ».
– C'est donc là ce personnage qui vous fabrique ces monuments capillaires, ces tours, ces phares, ces montagnes ?
– Monsieur est le Léonard des bals, l'informa la dame d'atours. Nous en avons un autre pour les

jours ordinaires et un troisième pour les nouveautés. Celui-ci est le Léonard du lundi.
– Trois Léonard ? Ma sœur, j'approuve votre sens de l'économie, il vous empêche sans doute d'avoir un Léonard pour chaque jour de la semaine.
Joseph continuait d'insister pour envoyer son beau-frère en province.
– Votre pays est pauvre et sale. Vous devriez aller le voir.
– Oh non, dit Louis XVI.
– Pourquoi non ?
– Parce qu'il est pauvre et sale.
– Je vous ai fait une liste des lieux que vous devriez visiter.
Il y avait inscrit divers hospice, hôpitaux et prisons, seuls y manquait une léproserie et un charnier. Il ajouta à l'intention de Marie-Antoinette :
– Si votre mari part faire ce voyage…
Louis XVI fit signe que non dans le dos de l'empereur.
– … vous ne devriez surtout pas l'accompagner, vous ne lui seriez bonne à rien.
Il l'engagea d'ailleurs à montrer à son mari plus de respect et de soumission, et à le rejoindre le soir dans son lit. Il se déclara prêt à l'y conduire à la

chandelle. Marie-Antoinette fit signe à ses gens de se hâter de terminer la robe.
Le bal était à Trianon, où elle avait organisé une grande réception en l'honneur de son frère. Elle commença par lui montrer le joli jardin à l'anglaise qui venait de remplacer le magnifique parterre de Le Nôtre. Ils étaient suivis par un cortège de courtisans habillés en rouge et or, l'habit de Trianon. Celui de Compiègne était vert, celui de Choisy bleu.
Pour la première danse, Joseph fut prié d'ouvrir le bal avec Madame Elisabeth, sœur cadette du roi, âgée de treize ans. On avait recommandé à la gamine de se montrer gentille avec le monsieur : le but était de la lui donner en troisièmes noces. C'était une façon de se débarrasser d'elle qui procurerait des avantages à tout le monde, voire peut-être à la jeune fille. Marie-Antoinette l'avait chapitrée sur le sujet.
– Mon frère n'a été marié que deux fois ! Il est quasi comme neuf ! Vous le consolerez, le pauvre a déjà perdu deux épouses.
– Où les a-t-il perdues ? demanda la fillette avant de s'enquérir de son âge.
– Il a vingt-trois ans, répondit la reine.
Vingt-trois ans... de plus qu'Elisabeth.

Marie-Antoinette avait aussi préparé son frère à cette idée.

– Elle vient d'avoir treize ans, vos âges sont tout à fait en rapport.

Ça lui faisait tout de même, à lui, trois fois l'âge de la promise.

Au moment de danser le menuet, on jeta dans les bras de Joseph Madame Elisabeth qui était enveloppée dans du satin. La rumeur disait qu'il aimait beaucoup les femmes, or elle n'était pas plus vilaine qu'une autre et connaissait l'art de la révérence à la perfection.

– Elle est jolie, intelligente, obéissante, bien élevée... dit Marie-Antoinette. Que pourrait-on désirer de plus ?

– Conserver sa liberté ? suggéra l'empereur.

C'était de toute évidence un complot de sa sœur et de sa mère l'impératrice.

– Malheur à l'homme qui épouse une femme choisie par sa mère ! dit Joseph.

Il s'y était laissé prendre deux fois, et ces deux unions l'avaient dégoûté du mariage. Il avait trop aimé sa première épouse et pas assez la seconde.

Marie-Antoinette lui demanda comment il aimait les femmes.

– Bien en chair, expérimentées, un peu vulgaires, et pour trois nuits au maximum.
– Laissez tomber, glissa-t-elle à ses dames, c'est fichu.
Joseph venait justement d'aller voir une dame qui correspondait mieux à ses prédilections : la comtesse du Barry, chez elle, dans son domaine d'exil de Louveciennes. La favorite du feu roi l'intéressait davantage que la petite fille de Trianon. Sa sœur ne fut pas enchantée de l'entendre chanter les louanges d'une personne qu'elle avait royalement détestée.
– Cette dame est charmante, pourquoi ne la voyez-vous pas ? s'étonna-t-il.
– Elle couchait avec le grand-père de mon mari, nous l'avons assez vue à l'époque.
Pour sa part, il l'avait trouvée délicieuse.
– Je n'en doute pas, dit Marie-Antoinette. Bien en chair, expérimentée, un peu vulgaire : elle répond à tous vos critères. Vous devriez l'emmener avec vous à Vienne.
– Chez Maman ? Oh, non !
L'empereur régnait sur les Hongrois, les Tchèques, les Slovaques, les Belges, les Serbes, mais un bastion lui résistait encore au premier étage de son palais.

Comme Joseph refusait d'emmener Madame Elisabeth, elle demanda à Louis XVI la permission de rester vivre à Versailles. Elle ne souhaitait plus qu'il soit question de mariage. Louis XVI prit pitié. Elle avait été orpheline à deux ans. À peine nubile, on sautait sur la première opportunité pour l'expédier à l'étranger. Il lui accorda l'asile marital.
– Ma chère enfant, vous vous rendez compte que, si vous restez, vous n'aurez jamais rien à vous et que vous dépendrez de moi pour tout ?
– Comme dans le mariage, donc, dit Madame Elisabeth, qui avait beaucoup appris de cette soirée.
Une princesse de France ne disposait que de deux possibilités et demie : se marier à l'étranger ou rester fille à Versailles. La troisième possibilité consistait à entrer chez les carmélites, mais tout le monde n'avait pas la vocation du couvent. Il fallait choisir son maître : le roi, son mari ou Jésus-Christ. N'ayant pas eu à se plaindre du premier jusqu'à présent, Madame Elisabeth choisit de rester auprès de lui. C'était, à treize ans, un choix pour toute sa vie.
Marie-Antoinette se résigna.
– Je ne peux lui en faire reproche. Je crois qu'à sa place je n'aurais pas épousé Joseph non plus.

*

Rose retournait chez elle après être allée habiller une duchesse – elle acceptait volontiers les travaux à domicile depuis quelque temps – quand sa première vendeuse, Mlle Maillot, accourut au-devant d'elle dans la rue Saint-Honoré.

– Mademoiselle ! Une catastrophe !

– Quoi donc ? Un incendie ? Ma famille a brûlé ?

– Non, elle reste !

Rose découvrit sa boutique entièrement redécorée à l'initiative de sa mère. Juchée sur des escabeaux, la parentèle achevait d'accrocher des rideaux. De longs drapés cachaient les tiroirs à fanfreluches, les mannequins de bois vêtus des dernières créations donnaient l'air de se rendre à la messe, les poufs avaient laissé place à de sobres coiffes de dentelles dont les marquises n'auraient pas voulu pour aller se coucher.

– C'est une catastrophe, répéta Rose.

– Oui, Mademoiselle, dit sa première vendeuse.

Mme Bertin mère était contente du résultat.

– C'était le fourbi, ici. Les petites fleurs, ça donne de la gaieté, non ?

Des pots de pétunias avaient été distribués entre les présentoirs garnis de sombres étoffes. La devanture aussi était changée : on n'y voyait plus que des guimpes de deuil et des rubans gris d'une sinistre dignité.

– J'ai retiré toutes ces broderies affriolantes, ce n'était pas convenable. J'ai pioché dans ce que tu avais comme tissus présentables.

– Dans le panier où l'on range les invendus, précisa Mlle Maillot.

– Pourquoi tout ce noir ? dit Rose. On dirait un magasin de pompes funèbres !

Sa mère était affable comme un inquisiteur espagnol.

– La respectabilité, nous n'avons que ça, nous, les petites gens. Mets-toi bien ça dans le crâne, ma fille ! Comment veux-tu te dénicher un mari si tu ne donnes pas l'exemple ?

– Cette devanture n'a pas pour but de me trouver un mari ! Il s'agit de vendre des apprêts pour des robes !

– Ah, on ne peut pas tout avoir ! Il faut choisir !

– Mais j'ai choisi ! Des robes, des robes, des robes !

Sa mère hocha la tête avec consternation. Le mal était plus grave qu'elle ne l'avait cru. Une personne moins courageuse aurait jugé le cas désespéré.

– Paris t'a tourné les sens, ma chère enfant, tu ne sais plus ce qui est important, heureusement que je suis venue.

Rose décida de repartir enquêter. *Donnez-moi une mission !* se disait-elle. *N'importe laquelle !* Elle était prête à s'en aller fouiner chez les vidangeurs de fosses septiques et à traquer des indices chez les équarisseurs. Où en étaient-ils de leurs recherches ? Ah oui ! Retrouver la fiancée du parfumeur, cette Suzelle Olivier partie se marier dans les duchés allemands et sous la conduite d'une certaine Montaine de Maronval – un beau nom de mère maquerelle ! Rose imaginait très bien le personnage : une ancienne prostituée sur le retour, mise comme une rombière de seconde main, maquillée avec outrance, la tête surmontée d'une de ces choucroutes dégoulinantes que Léonard concoctait pour des femmes qui se croyaient élégantes – celles qui l'étaient vraiment venaient acheter quelque chose au Grand Mogol et n'avaient besoin de rien de plus.

– Minette ! dit Solange. Maman veut que tu …

– Je peux pas ! J'ai enquête !

Rose quitta la boutique en coup de vent et sauta dans un fiacre.

Le cocher connaissait le jeu paume de Vaugirard, et même l'adresse de sa propriétaire, qui logeait à côté. Une fois arrivés, la modiste l'envoya toquer à la porte. Nul ne répondit. Elle resta longtemps sur sa banquette à observer la maison. Soit il n'y avait personne, soit la locataire se terrait derrière ses rideaux pour ne pas affronter le bras de la justice enrobé de satin qui stationnait devant chez elle. À force de guetter les allées et venues, elle remarqua la maison d'en face, une demeure cossue. À travers la fenêtre, quelqu'un semblait l'observer avec suspicion. Un homme entre deux âges, bouffi comme un gros bourgeois qui occupe une position assise.

– Savez-vous qui habite là ? demanda-t-elle au cocher.

C'était le domicile du président Mongeaud de Sartre, un juge au parlement de Paris. Elle s'étonna de se voir espionner ainsi. Les magistrats étaient en général très peu curieux, toutes les vicissitudes du monde aboutissaient à leur salle d'audience, ils n'avaient pas besoin d'en chercher dans la rue.

Une femme s'arrêta enfin devant chez Montaine de Maronval et enfonça une clé dans la serrure. Rose s'apprêtait à descendre de voiture quand elle s'entendit héler.

– Hep ! Qu'est-ce qu'elle fait là, la petite dame ?

Un grand bonhomme à la mine rébarbative venait à elle d'un pas pressé.

– À qui ai-je l'honneur, Monsieur ?

– Lieutenant Moulimeuf de la garde en robe courte. Chargé de réprimer le racolage des raccrocheuses[4].

Rose se sentit rougir. Voilà qui était nouveau ! Elle croyait avoir touché le gros lot avec son coiffeur, mais non, il y avait d'autres sortes de butors en circulation !

– Comment, Monsieur ! Vous ne savez pas à qui vous vous adressez !

– À une petite femme qui fait semblant d'attendre son mari dans une voiture.

– Mais Monsieur !

– Attifée comme une caricature de marquise ! On connaît le principe !

– Comment, « une caricature » ? Savez-vous combien de personnes se battraient pour un seul de mes ornements ?

– Ah, ça, on n'hésite pas à se coller des gifles, dans ce métier !

– Ces vêtements font l'admiration de toutes les Parisiennes, Monsieur !

---

[4] Prostituées.

– Allons ! Ces rubans outrageusement chatoyants, ce décolleté indécent, des soieries froufroutantes… On voit bien que l'accoutrement sert à attirer l'œil afin d'exciter les cochons de passage !
Rose était trop abasourdie pour répliquer. Des années de lutte pour le droit des femmes à porter des bonnets garnis, balayées d'un revers de main par un ignorant !
Si l'interpellée n'attendait pas le client de passage, Moulimeuf voulait savoir ce qu'elle faisait là, à surveiller la maison du président Mongeaud de Sartre. Rose eut l'impression que le monsieur d'en face avait envoyé prévenir la garde.
– Vous êtes appointée par la famille de la femme du président ? demanda le lieutenant de la garde en robe courte avec la concentration du limier qui a flairé un lapin.
– Je ne connais pas ces personnes, mais je connais M. Lenoir, répondit Rose.
Moulimeuf ne s'attendait pas à ça.
– Le lieutenant général de police ?
– Il se trouve que j'habille son épouse, figurez-vous. Voulez-vous que nous allions lui demander de vous le confirmer ? À l'hôtel de Gramont, rue Saint-Augustin ?
Moulimeuf hésita.

– C’est bon ! Circulez ! Et n’y revenez plus ! On n’aime pas les filles suspectes, par ici !

Tandis que son fiacre s’ébranlait, elle songea qu’il n’y avait décidément que deux sortes de gens, en ce monde : ceux qui ne connaissaient personne et ceux qui fréquentaient de puissants personnages. Et, elle, elle connaissait la reine.

7
N'embrassez pas la mariée

Tandis que Rose Bertin se heurtait aux mœurs de la police, Léonard visitait Passy, sorte de cité balnéaire en bordure de Paris. La maxime de ceux qui venaient s'y établir était : « La ville, c'est bien, à condition d'habiter un village. » Heureusement, des villages, Paris en comptait beaucoup, de Bercy aux Batignolles, et le plus joli d'entre eux se nommait Passy. Sa proximité, ses eaux minérales, les promenades du bois de Boulogne, la vue riante et animée sur les méandres du fleuve en faisaient la terre d'élection des particuliers fortunés. Le hameau s'était changé en une réunion de résidences avec jardins, toutes plus raffinées les unes que les autres, bâties pour de riches bourgeois soucieux de respirer le bon air et de boire la bonne eau des sources de Passy, une denrée presque aussi rare.

Comme toujours, l'empereur Joseph II n'était pas loin. Il avait rencontré les savants des académies qui siégeaient au Louvre et après avoir doctement disserté avec eux, il désirait à présent visiter les

« folies », ces petites maisons de plaisance. Passy comptait parmi ses curiosités un Américain, un certain Benjamin Franklin. Établi ici, il se croyait à l'abri des curieux et des espions anglais. C'était un brillant inventeur délégué par ses compatriotes pour plaider la cause du républicanisme auprès du roi de France. Il connaissait d'ailleurs un succès étonnant. Une autre curiosité locale était le Cabinet de physique du roi, une grande bâtisse à l'orée du bois. Louis XV y avait entassé un bazar d'instruments d'optique et de mesures scientifiques sous la garde du brave abbé Noël que tout le monde appelle « le père Noël ». Cela allait du microscope au grand télescope de vingt-quatre pieds de long, que le père Noël avait fait fabriquer pour chercher une planète au-delà de Saturne.

L'incognito pratiqué par Joseph consistait à s'habiller comme monsieur tout le monde et à se déplacer au milieu d'une cohorte d'affidés qui lui expliquaient les beautés de la capitale. Léonard parvint à dépasser l'encombrement causé par l'empereur et atteignit enfin la maison du parfumeur. Un bonhomme lourdement charpenté, trapu et boiteux vint lui ouvrir après que le coiffeur eut fait tinter la cloche. L'homme portait ses

cheveux grisonnants en bataille. *Il aurait besoin d'un bon perruquier*, pensa Léonard. Il lui tendit le mot rédigé par le propriétaire, que le gardien déchiffra à l'aide d'une paire de lorgnons sortis d'une poche de sa veste crasseuse. Il devait avoir été bel homme, mais s'était fané sous l'effet de l'âge et probablement de l'alcool, vu le relent de vieux vin qu'il exhalait. Il se nommait Onésime Despoisses, comme il le déclara en ouvrant le portail. C'était un ancien ouvrier en parfumerie qui aidait Maître Guermain dans ses travaux de distillerie et qui se contentait de veiller sur les lieux le reste du temps.
L'endroit paraissait un peu à l'abandon, les haies n'étaient pas taillées, c'était mal rangé, des outils traînaient dans tous les coins. Léonard supposa que le bonhomme était meilleur laborantin que gardien.
L'explication du désordre ne tarda pas à apparaître.
En frappant du pied une pile de vieux paniers qui encombrait, Onésime Despoisses lui avoua :
– Ma femme m'a quitté.
– Vous aussi, mon pauvre ami ? dit Léonard sur un ton compatissant. Entre vous et M. Guermain, c'est la grande migration, dites-moi !
Onésime ne s'en était pas remis, il sortait le moins possible de son lit, où il se laissait aller à la mélancolie. Une mélancolie alcoolisée d'après son

haleine. Le parfumeur s'intéressait moins aux savons depuis un mois, et le laissait cuver sa tristesse en paix.
La maison de Guermain était un cube peint en blanc dont la façade était à moitié mangée par une rotonde à colonnes. Ils s'installèrent au salon, où Onésime offrit à Léonard un verre qu'il eut la prudence de refuser.

Le coiffeur interrogea Onésime sur Suzelle Olivier, la parfumeuse en fuite. Comme il refusait de dire quoi que ce soit contre la fiancée de son patron, Léonard l'informa de la rupture des fiançailles.
– Si vous voulez mon avis, dit le gardien, ça vaut mieux pour lui.
Après chaque dispute, cette Suzelle se réfugiait ici, où elle recevait ses amis en liberté. Quand on se comporte déjà comme un vieux couple, le mariage n'est peut-être pas la meilleure idée à avoir.
– Une de ses invitées ne s'appelait-elle pas Montaine de Maronval ? demanda Léonard.
Le gardien avait déjà entendu ce nom. Il n'aimait pas se remémorer la dernière période heureuse de sa vie. Il n'aimait d'ailleurs plus rien depuis que son épouse Perline était partie.

Tiens, elles sont peut-être parties ensemble, se dit Léonard. Tout de même, c'était bizarre, cette double disparition. En général, les dames s'enfuyaient dans les bras d'un soupirant, pas en duo de cotillons. Quand elles s'en allaient de concert, c'était pour prendre le thé ou visiter les villes de bains, elles ne se disaient pas sur un coup de tête : « Allons à la chasse aux maris dans les duchés allemands ! » En vérité, depuis qu'il avait rencontré Montaine de Maronval, rien ne lui semblait plus impossible au sujet des femmes. Ne disait-on pas que telle grande actrice entretenait des liaisons scandaleuses avec des personnes du beau sexe ? On n'était plus au temps où les sorcières finissaient au bûcher. De nos jours, elles montaient sur les planches de la Comédie-Française ou de l'Opéra, pour se faire acclamer par le public. On n'avait plus brûlé de sodomite depuis le règne de Louis XV, la dernière fois remontait à plus de vingt ans et l'odeur du bûcher piquait encore les narines des Parisiens. Si on avait dû faire passer en jugement tous ceux et celles qui s'adonnaient aux plaisirs interdits, il y aurait des panneaux « à louer » sur tous les immeubles de la capitale.
Léonard avait toujours sur lui de quoi soutenir les témoins sur le point de flancher. Il prit dans sa poche

une flasque de liqueur de sa réserve personnelle. Onésime fut enchanté de renouveler le catalogue des nectars dont il s'abreuvait. Ils trinquèrent au retour prochain des amoureuses en goguettes.
Avec des trémolos de ténor d'opéra, le gardien raconta que sa femme l'avait quitté un mois plus tôt, il se rappelait fort bien la date, c'était la saint Onésime ! Elle avait eu une drôle de manière de lui souhaiter sa fête ! Pourtant, ils avaient toujours vécu en harmonie, depuis un an qu'ils étaient ensemble. Il ne comprenait pas ce qui s'était passé. Il occupait une bonne place, son argent était en sécurité dans la rente sur l'hôtel de ville. Qu'aurait-il pu demander de plus au Ciel, sinon que cela dure ?
Il avala une grosse rasade de ratafia.
Léonard aurait préféré l'entendre parler de l'autre femme, Suzelle, l'espionne disparue avec le code, mais sa curiosité était piquée.
– Pourquoi est-elle partie, votre Perline, si tout allait si bien ?
Onésime admit qu'ils s'étaient disputés la veille. Il l'avait laissée seule pour qu'elle se calme – Léonard comprit qu'il était allé s'enivrer au cabaret – et, quand il était revenu le lendemain matin, elle avait fichu le camp.
– Comme ça ? Sans un mot ?

– Oh, si ! Elle m'en a laissé un, de mot !
Il sortit de sa poche un papier et le lui tendit. On pouvait y lire : « Je n'en peux plus. Adieu. »
Un bruit de pas leur fit dresser l'oreille. Rose apparut sur le seuil de la porte.
– Comment êtes-vous entrée ? demanda le gardien.
– Vous n'aviez pas fermé votre portail.
– Je croyais que vous deviez vous occuper de vos chers parents… dit Léonard.
– Ça y est, je les ai tous tués, je suis à vous.
Rose riait mais, au fond, elle aurait aimé être débarrassé de ces gueux envahissants.
Ils effectuèrent le tour de la maison à la recherche d'un indice sur la destination qu'avait pu prendre Suzelle : une lettre d'invitation, une promesse de mariage, un courrier en langue allemande… Une coiffeuse en bois verni était couverte d'affaires de toilette, de peignes en ivoire, de brosses à manche d'émail et de produits de beauté. Deux pots de crème portaient l'étiquette de la parfumerie Guermain. Il y avait quelques vêtements féminins du type « séjour à la campagne » : des étoffes de gaze, des lins écrus, des cotonnades imprimées, des indiennes…
Onésime s'étonna de les voir fouiller ainsi.
– Pourquoi vous intéressez-vous à ses vêtements ?

– Parce que l’habit ne fait pas la nonne. Nous aimerions savoir quelle sorte de personne est Suzelle Olivier.
Si elle était partie rejoindre la vieille noblesse teutonne, elle l’avait fait sans ses tenues d’été. Rose ne se l’expliquait pas. On était fin avril et les boutiques de modes comme la sienne n’était pas nombreuses de l’autre côté du Rhin. Elle le savait fort bien, c’était elle qui créait les modèles copiés par les Allemandes.
Ils voulurent savoir quel était l’état d’esprit de Suzelle lors de son dernier séjour.
– Mlle Olivier était furieuse contre le patron. Il avait encore repoussé les noces. Elle en avait assez. Elle avait même donné sa belle robe de mariée à ma femme sur un coup de tête. J’avais promis à Perline de lui faire faire son portrait pour notre anniversaire de mariage. « Autant que cette splendeur serve à quelque chose », avait dit Mlle Olivier.
– Vous avez entendu, dit Rose à l’intention de Léonard, « une splendeur ».
Le jardin possédait sa propre source, Onésime demanda s’ils désiraient la voir ou s’ils préféraient commencer par la savonnerie.
– La savonnerie ! répondit Rose.
– La source ! répondit Léonard.

La modiste avait envie de humer les extraits de distillation et de s'enivrer d'essences parfumées, de fines exhalaisons et d'envoûtants effluves dont le mélange baroque embaumerait l'air. C'était exactement la raison pour laquelle le coiffeur préférait aller boire un bon verre d'eau cristalline à l'ombre des pommiers. Comme c'était lui qui fournissait le ratafia, le gardien les conduisit à la source comme un âne suit une carotte.
Les eaux thermales de Passy[5] avaient des qualités ferrugineuses, sulfureuses et balsamiques, elles aidaient à combattre la dysenterie, la mélancolie et les pertes de sang. Leur pouvoir avait été certifié par un rapport de l'Académie des sciences.
L'eau que le gardien puisa pour eux était transparente, elle avait un petit goût de montagne et, heureusement, à l'inverse des créations de Guermain, elle n'émettait aucune odeur. C'était une qualité très appréciée dans une ville où l'on vous servait souvent un jus de Seine aussi puant que corrompu par les carcasses d'animaux et par les déjections.

[5] Elles se tarirent en 1930, il n'en subsiste qu'une petite fontaine dans un square.

Onésime agita son gobelet entre ses doigts pour faire tourner le contenu comme s'il leur présentait un cru du Bordelais.

– Elle est gouleyante, avec un retour fruité apporté par les roches calcaires de notre sous-sol. Elle nous offre toute la générosité d'un terroir millénaire.

– De l'eau, quoi, dit Rose, tandis que Léonard savourait ce qu'il avait en bouche avec une expression de ravissement.

Après s'être délectés du breuvage, ils se dirigèrent vers un pavillon en bois peint situé à l'écart de la propriété. Avec ses couleurs bariolées, il ressemblait à une bonbonnière. Guermain y avait installé un laboratoire où il menait des recherches pour l'amélioration des savonnettes. L'endroit était commode, il y avait de l'eau tant qu'on en voulait, elle ne risquait pas de gâter les préparations, et les puanteurs de la ville ne gênaient pas pour vérifier si les délicates senteurs aromatiques avaient survécu à la préparation.

L'officine respirait la chimie, le nettoyant et quelque chose d'autre, d'indéfinissable et d'encore moins ragoûtant.

– Ça pue, non ? dit le coiffeur, un mouchoir sur sa bouche.

– On utilise des matières malodorantes pour fixer les parfums, c'est peut-être ce qui vous dérange. Il y a des sécrétions de putois, des écorces moisies, et parfois même des matières fécales.
– Vous ne savez pas ce qui est bon, dit Rose à son acolyte, juste avant de retenir un haut-le-cœur.
Léonard sentit surtout qu'il allait désormais hésiter à s'asperger d'essences florales hors de prix.
– Les savons posent un problème à la Faculté, exposa Onésime. Ils ont la réputation de rendre la peau rude et ridée car ils contiennent de la soude, de la chaux et des huiles frelatées. Guermain essaye d'adoucir ses savonnettes par l'adjonction d'ambre gris, de macis, de calamus et de benjoin.
– Qu'est-ce que c'est encore que ce charabia ! dit Léonard, à qui ces parfumeurs s'obstinaient à parler une langue étrangère.
Les étagères étaient garnies de savonnettes expérimentales étiquetées : au santal, aux épices ou au miel « souverain contre les brûlures ». Certaines étaient censées blanchir la peau, un effet très apprécié. La matière première était stockée en grandes quantités dans des tonneaux d'huile d'olive, dans des sacs de soude, et, tout au bout de la pièce, dans une cuve de chaux.

– Regardez ! dit le gardien en désignant la cuve. On dirait que quelqu'un a ajouté de l'eau !
L'eau provoquait une réaction qui changeait la chaux inerte en chaux active acide et corrosive.
– Il y a quelque chose dedans, dit Léonard. On dirait un vieux torchon.
Comme le tissu était le domaine de Rose, elle se pencha pour mieux voir. Trois paires d'yeux scrutaient le fond de la cuve afin de discerner ce qui trempait là. Onésime alluma une lanterne et l'approcha.
– Mais c'est une robe ! s'écria-t-il.
À un bout de cette robe, un crâne les contemplait de ses orbites vides. Il y avait un squelette dans la robe, c'était un squelette en robe de mariée. Tout cela dans le bac de chaux. Les chairs s'étaient dissoutes, il ne subsistait qu'un tas d'ossements vêtu de la plus jolie robe qu'un squelette pût s'offrir. Une robe brodée de narcisses. La robe que Rose Bertin avait conçue pour Suzelle Olivier.
Léonard était scandalisé. Le choix des substances utilisées par ces parfumeurs avait franchi les limites du tolérable. Il recula avec tant de brusquerie qu'il heurta la cuve. Une vaguelette anima la surface de l'infâme liquide. Le voile qui ornait le crâne glissa,

révélant une longue chevelure brune parfaitement intacte.

– C'est Perline ! s'écria le gardien. Ma Perline !

Léonard se tourna vers Rose, qui regardait sa sublime création mariner dans cette sorte de cercueil humide.

– Eh bien, dites donc, vos robes résistent à tout ! Voilà une belle réclame pour vous : « Chez Rose Bertin, suaires à toute épreuve pour défunts de choc ! »

8
Don Quichotte mène l'enquête

Rose resta consoler le gardien pour l'empêcher de mettre fin à ses jours, déplacer le corps ou s'en prendre rageusement à une robe qui avait déjà beaucoup souffert. Pendant ce temps, Léonard courut prévenir le commissaire de Passy, François Viclocq.

Il habitait à la limite du quartier, dans la seule vilaine maison des environs. Les autres masures avaient été remplacées par d'admirables constructions qui faisaient l'attrait de la colline. Une seule avait été conservée pour loger l'autorité de police au cas où des malandrins s'attaqueraient à la tranquillité du quartier. Cela faisait du commissaire le seul habitant qui n'était ni riche, ni entretenu par les riches ; une sorte d'étranger à son propre village, une courgette parmi les gros melons pleins de sucre. Léonard nota la présence de quelques gueux en savates trouées qui erraient à la frontière du monde interdit. Au milieu de la chaussée boueuse, des enfants en haillons jouaient à la balle avec un paquet

mal ficelé qui perdait sa bourre à chaque coup de pied.
La maison de François Viclocq était exiguë, décrépite, on voyait bien que ni la Couronne ni la Ville n'investissaient là-dedans. Même la pancarte où était inscrit « Commissariat de Passy » était à moitié décrochée et complètement ternie par les intempéries.
Léonard toqua à la porte.
– Entrez ! répondit le commissaire.
L'intérieur se composait d'une vaste salle au fond de laquelle, assis dans un fauteuil fatigué, un gros bonhomme était occupé à chiquer. Ce lieu était le domicile vermoulu d'un policier qui ne valait guère mieux. François Viclocq avait tout à fait le genre du pépère qui ne se dérange pas beaucoup, si ce n'est pour empêcher les mendiants de s'aventurer trop près des demeures de la noblesse.
Son bureau était pourvu d'un vieux porte-plume, de plumes émoussées, d'un buvard usé et d'une dégoûtante bouteille à moitié remplie d'encre épaisse. Le tout servait à rédiger pour ses supérieurs un rapport hebdomadaire dans lequel il n'avait rien à écrire et qui ne serait pas lu.
Le coiffeur se prit les pieds dans les irrégularités du parquet.

– Attention, le plancher est crevé par endroits, dit le commissaire avant de cracher son tabac dans une tasse répugnante.
– C'est toute la maison qu'il faudrait reconstruire, répondit Léonard.
– Que voulez-vous ! Avec la baisse des dotations ! J'ai déjà bien de la chance de n'avoir pas encore été liquidé par le lieutenant général. M. Lenoir me conserve uniquement parce que les bourgeois qui vivent ici sont trop radins pour s'offrir une garde privée mais ils ont assez d'influence pour obtenir gratuitement ce service des autorités. Je le comprends, Lenoir : il ne se passe tellement rien, ici, qu'on pourrait me remplacer par un épouvantail sur lequel on écrirait « Police ».
– Ça peut changer, dit Léonard. Une femme a été retrouvée morte chez le parfumeur Guermain.
François Viclocq renonça à mordre dans sa plaque de tabac à mâcher et se redressa dans son fauteuil.
– C'est le gardien qui vous a dit ça ? Qu'est-ce qu'il a encore bu ?
– À l'heure qu'il est, il a sûrement tapé dans les réserves de son patron. Si vous tardez trop, il va attaquer les alcools de distillerie, le résultat ne sera pas beau à voir.

– Et pourquoi se soûle-t-il, l'Onésime ? C'est lui qui l'a tuée ? C'est sa femme ?
Ce commissaire est vraiment doué d'une faculté de déduction qui confine à la voyance, pensa Léonard. Il se retint d'éclater de rire.
– C'est bien elle, mais je ne crois pas qu'il l'ait tuée.
Le commissaire ouvrit un meuble et choisit une bouteille avec la perspicacité d'un chasseur qui cherche l'arme appropriée au type de fauve qu'il veut chasser.
– Si la police m'a appris quelque chose, c'est qu'il faut prendre soin d'amadouer la bestiole avant de l'approcher. Si Onésime doit boire quelque chose, je préfère que ce ne soit pas de l'acide sulfurique, j'ai des questions à lui poser.
Il pendit sur sa porte un écriteau « M. le commissaire s'est absenté ». Il héla deux ou trois indigents qui traînaient dans la rue et les désigna « adjoints de police » pour la journée contre la promesse d'une poignée de menue monnaie et d'un coup à boire – apparemment tout le monde ne venait pas ici pour l'eau minérale des sources. Puis il sortit de sa minuscule écurie un cheval maigre et efflanqué, aussi hors d'âge que la maison, et prit la direction de la folie Guermain, suivi de son petit cortège. Sur la croupe du cheval était posée une

autre pancarte « Commissaire de Passy », ce qui était un peu grotesque.

*

Quand il pénétra dans l'atelier de parfumerie, François Viclocq fut heureux de ne pas être venu seul : des restes humains trempaient dans une cuve de chaux. Il ordonna d'en sortir les ossements et d'étendre au sol une large bâche en toile cirée pour les y déposer. Plus on remuait le contenu du bac, plus une odeur atroce se répandait dans le pavillon de bois. Les « adjoints de police » parvinrent à saisir les reliquats à l'aide de pelles et d'une épuisette, mais l'ensemble n'avait plus du tout l'aspect parfaitement ordonné d'un squelette. Ils les arrangèrent en tas à côté de la robe. Pour la reconstitution du corps, on allait avoir besoin d'un spécialiste formé à l'étude de l'anatomie humaine.
Comme il n'obtiendrait rien de la défunte victime, le commissaire entra dans la maison pour s'entretenir avec le mari.
Assis dans les meubles de son patron, Onésime Despoisses sifflait les alcools dudit patron sous la surveillance bienveillante de Rose.

– Comment sais-tu que c'est Perline ? demanda le policier.
Le gardien expliqua que sa femme avait disparu depuis des semaines, que la malheureuse dépouille avait ses cheveux et portait une robe qui lui avait été prêtée.
– Y a-t-il une explication logique pour qu'on la repêche dans un bain de chaux vive ? demanda Viclocq du ton d'un enquêteur qui remet à plus tard l'expression de sa compassion.
– On s'était disputés ! répondit Onésime d'une voix mourante.
Il exhiba le mot qu'elle lui avait laissé : « Je n'en peux plus. Adieu. » Jusqu'à tout à l'heure, il avait pris cela pour un message de rupture. Il en faisait à présent une tout autre interprétation. Il avait poussé la malheureuse à bout avec ses frasques, son ébriété, son incompréhension, il s'était comporté comme un monstre, il avait tué celle qu'il aimait, il était un misérable.
Rose lui tapota gentiment la main, bien qu'elle ne fût pas loin d'être du même avis. Lui au moins exprimait du chagrin, il n'était donc peut-être pas un si mauvais mari.
– Et pourquoi ne l'as-tu pas cherchée ici, au lieu de te dire qu'elle t'avait quitté ?

Onésime raconta qu'elle avait déjà pris ses distances auparavant. Elle avait son caractère, et lui-même n'était pas le compagnon parfait. Mais elle était toujours revenue au bout de quelques jours, après lui avoir laissé le temps de dessoûler, de se repentir et de lui acheter un petit cadeau. Aussi n'avait-il pas imaginé autre chose en trouvant la maison déserte. Il avait pensé que son absence durait plus longtemps que d'habitude, voilà tout.
Le commissaire dut sortir un instant, les assistants qu'il avait engagés se disputaient pour transporter les os rassemblés dans un sac.
– Un peu de respect, jarnonce ! Le veuf vous entend depuis le salon ! Qu'est-ce qui se passe ?
Ils voulaient tous se charger des restes, le Châtelet donnait des primes à ceux qui apportaient des corps à la morgue.
– La prime, ce sera les petites pièces que je vous donnerai ce soir ! rétorqua Viclocq. Pour qui vous vous prenez ? À peine l'État vous emploie-t-il que vous réclamez des primes pour votre peine ! Et quoi, encore ? Des congés payés ?
Elle est pour moi, la prime du Châtelet, bougonna-t-il tandis qu'il retournait à l'intérieur de la maison. *Qu'est-ce qu'ils croient ?*

Dans sa situation, il devait faire feu de tout bois s'il voulait arranger son commissariat et améliorer la qualité du tabac qu'on y chiquait.
Rose décida de laisser le commissaire conduire son interrogatoire seul. Elle n'apprendrait rien de plus, et l'odeur pestilentielle du bac à chaux commençait à envahir la maison. François Viclocq lui proposa galamment de la raccompagner en ville. Elle imagina un carrosse, peut-être mal suspendu, mais plus agréable qu'une longue marche à pied.
– Je m'occupe de Madame, coupa Léonard en l'empoignant par le bras.
Quand ils furent dans le jardin, il lui révéla que le cheval blanc du prince charmant était une vieille carne sur laquelle elle aurait été aussi confortable qu'une laitue dans un panier à salade.
Comme ils quittaient le joli hameau en quête d'un véhicule qui leur ferait regagner les rues sales et puantes de la capitale, ils découvrirent une autre particularité de Passy. Les mendiants n'étaient pas les seules personnes attirées par l'opulence du quartier, il y avait aussi diverses catégories de filles faciles, au premier rang desquelles les prostituées à l'heure, à la soirée ou à la nuit. Et, celles-là, les policiers n'avaient pas pour mission de les éloigner.

Léonard eut une idée. Et si l'une d'elle avait des renseignements de première main sur le couple Despoisses, sur la triste fin de Perline et, au-delà, sur la fuite de Suzelle avec le code de Broglie ? Les témoins providentiels dont ils avaient besoin étaient devant eux !

– Ces filles-là savent toujours tout sur tout le monde. Elles passent leur temps à observer. Elles n'ont que ça à faire, assises à leurs fenêtres toute la journée, à guetter, à cancaner, en faisant mine de broder, de coudre, de rapiécer on ne sait quel vêtement…

– C'est de mes couturières que vous parlez ? dit Rose, qui installait ses employées près des fenêtres pour qu'elles travaillent à leur ouvrage à la lumière du jour. C'était ainsi que faisaient toutes les modistes de Paris.

– Ah, non ! dit Léonard en cherchant une échappatoire. Les vôtres sont… euh… plus chères…

La modiste renonça à lui enfoncer le nez dans une flaque de boue. La journée avançait et elle était pressée de quitter le territoire du crime pour regagner ses pénates.

Ils avisèrent quelques prostituées à la mine affable et, pour obtenir d'elles des informations, leur offrirent une leçon gratuite d'ajustements qui ne pouvait que leur être utile. Dans une profession où l'on passe le plus clair de son temps le nez dehors, il importait de soigner la devanture. Des boucles coquines, un corsage qui glisse facilement, voilà qui faisait toute la différence avec une concurrente mal attifée !

Tandis qu'ils cousaient et peignaient, ils apprirent que, six semaines plus tôt, une sorte d'inspecteur était venu poser des questions à propos d'une femme qu'il recherchait, Vincelette Montouillaut. Cet homme était une grande brute mal élevée. Si les prostituées évoquaient ce fait, c'était que le portrait de cette Vincelette, tel que brossé par le malotru, ressemblait fort à Perline Despoisses. Elles s'étaient bien gardées de le lui signaler.

– Qui n'a pas fait dans sa vie des choses qu'ils regrettent ? dit l'une. Moi, par exemple, je me suis mariée à l'imbécile qui me prend mes sous.

De toute façon, l'indiscret s'était conduit en argousin antipathique, autrement dit en policier.

– Alors que nous, on les préfère gentils et poudrés… dit une autre, en lançant des œillades à Léonard.

Le coiffeur en déduisit qu'il était suffisamment poudré.

Ces dames avaient aussitôt prévenu Perline du danger. L'épouse du gardien avait ri, prétendant que ce n'était qu'une ressemblance fortuite et qu'elle ne craignait rien. Puis elle avait disparu sans laisser d'adresse, pour ce qu'elles en savaient.
La découverte de Perline dans le bac à chaux était une triste péripétie. Elles espéraient qu'Onésime n'allait pas plonger à son tour dans un autre type de bac, le pétrin. Ce n'était pas un méchant garçon et, quand il avait touché son mois et qu'il était d'humeur, il pouvait même être un garçon utile.
Léonard comprit tout à coup pourquoi ces dames avaient si volontiers mentionné la visite du policier : elles désiraient écarter les soupçons loin du gardien, leur ami et client.
L'inspecteur n'avait pas indiqué son identité, mais l'une d'elles l'avait croisé par la suite dans un poste de la garde en robe courte, où son nom avait été prononcé.
– Il s'appelle « lieutenant Moulimeuf ».
Quelle coïncidence ! C'était cet horrible bonhomme qui avait accusé Rose de racoler devant chez Montaine de Maronval. Tout à fait ce type d'homme qui prend aisément les femmes seules pour des filles publiques. La perspective de le rencontrer à nouveau n'inspirait à la modiste rien de réjouissant.

– Avez-vous remarqué comme nous devons souvent fréquenter les prostituées depuis que nous travaillons pour la reine ? demanda Léonard tandis qu'ils s'éloignaient vers Paris.
Rose se demandait si la lettre de suicide de Perline était authentique. Après tout, elle n'était pas datée, cette femme était déjà partie plusieurs fois, son mari avait pu leur montrer un mot écrit longtemps auparavant.
– C'est comme les factures non datées, dit la modiste. Ce sont la plaie du petit commerce, on ne sait jamais où les classer.
Il aurait fallu retourner chez Onésime pour voir s'il conservait d'autres lettres du même genre. Et, tant qu'à faire, s'il possédait le code de Broglie.
– C'est grâce au gardien que nous avons découvert le corps de sa femme, observa Léonard. Quel intérêt aurait-il eu à nous y conduire s'il était l'assassin ?
– Le remords, peut-être ? suggéra Rose. La lassitude de devoir cohabiter avec le corps de sa victime ? L'envie de lui donner enfin une sépulture décente ?
– Pour revenir à la lettre de suicide, ce genre de courrier est rarement daté, insista le coiffeur.
– Vous vous y connaissez en lettres de suicide ? dit Rose. Vous en avez déjà écrit beaucoup ?

– De plus en plus depuis que je vous fréquente, ma chère, ironisa le coiffeur.
Ils firent quelques pas en silence.
– C'est un comble, reprit Léonard, nous venons ici à la recherche d'une compagne disparue et nous en trouvons une autre morte.
Ils n'avaient plus qu'à placer leurs espoirs en l'autopsie. Un chirurgien habile saurait peut-être établir si Perline s'était tuée ou non.
– Je croyais que la lettre d'adieu vous suffisait, dit Rose.
– On ne peut pas s'y fier. Les femmes sont capables d'écrire des choses qu'elles ne pensent pas, sur un coup de tête.
– Vous en voulez un, de coup de tête ? dit la modiste, un brin vexée.
De l'avis de Léonard, qui avait suivi des leçons d'anatomie pour entrer dans la corporation des chirurgiens-barbiers-coiffeurs, des résultats pouvaient être obtenus par élimination. Un médecin verrait si le squelette portait des marques de violence, si le crâne avait reçu une balle ou si Perline avait été assommée. Si l'os hyoïde était cassé, cela signifierait qu'elle avait été étranglée.
– Tout est possible, dit Rose avec soupir. Les hommes sont si méchants.

9
Roulé de printemps à la chinoise

Assis dans le cabinet chinois de l'aile sud du château de Versailles, l'empereur Joseph était en train de lire un exemplaire du dernier ouvrage de Voltaire, un livre que le Grand Prévôt, chargé de la police à la Cour, aurait jeté dans la fosse d'aisance s'il lui était tombé entre les mains. Il entendit dans son dos un « psit psit ». Une porte dissimulée dans les boiseries était entrouverte. Elle donnait accès aux couloirs secrets aménagés entre les cloisons qui permettaient à Leurs Majestés de circuler à travers le château sans rencontrer quiconque.

– Psit ! insista l'invisible interlocuteur. C'est votre ami en France, Sire !

– Chut ! fit Joseph.

Il alla jeter un coup d'œil dans le corridor pour être certain qu'ils étaient seuls. Il vit passer un duc, puis un maréchal, puis une marquise et une abbesse, toutes gens dont il se méfiait. Il ne resta bientôt plus qu'un simple frotteur, un de ces valets chargés d'ôter la poussière des meubles. Ces gens-là n'étaient pas dangereux, ils faisaient partie du mobilier. Joseph referma la porte et retourna s'asseoir dans son fauteuil.

– Alors, ce code ? Voilà un mois que vous me l'avez promis.

– Il y a eu un contretemps, dit l'interlocuteur secret. Si quelqu'un avait été témoin de la scène, il aurait eu l'impression que l'empereur s'adressait à un petit singe peint sur la cloison.

– Expliquez-moi ça, je suis spécialiste en contretemps.

– Notre agent a disparu avec le code. Nous craignons qu'elle n'ait passé une frontière pour le négocier auprès du plus offrant.

– Auprès de William Pitt ! s'écria l'empereur.

– Nous pensons plutôt à l'électeur de Saxe ou au roi de Prusse.

– Non, ce sont les Anglais, c'est bien leur genre, cherchez du côté du Royaume-Uni. Sacré George ! Quelle plaie !

– Votre Majesté fait-elle allusion au roi George III ?

– Il est prêt à tout pour contrarier les cours catholiques du continent ! C'est un fou ! Il paraît qu'il court nu dans son palais et qu'il fait pipi bleu !

L'espion caché derrière les boiseries resta silencieux, il n'avait pas d'opinion sur le pipi du roi d'Angleterre.
– Si vous n'avez pas le code, reprit Joseph, adressez-vous à son auteur ! Je paierai ! Ma mère a un fonds secret pour cet usage, il lui sert à s'informer des ragots qui courent sur nos Viennois.
– Sire, le code en question a été conçu par Jean-Joseph Rallier des Ourmes, un mathématicien breton. Il a été choisi parce qu'il avait écrit les articles sur l'arithmétique dans l'*Encyclopédie*.
– Très bien ! Je dois justement visiter les ports bretons le mois prochain, je m'arrangerai pour le rencontrer. S'il sait compter, il va aimer mon petit cadeau. Je vais lui donner de quoi s'acheter plein de crêpes !
– Hélas, est mort il y a six ans, Sire, il n'était pas tout jeune.
– Damnés Français ! Ils pensent à tout !
Une fois sa déception un peu atténuée, l'empereur donna ses instructions.
– Eh bien, retrouvez-le, ce code. Vous avez la durée de mon séjour ici. Je compte rentrer à Vienne avec des documents à transcrire.
Un quart d'heure plus tard, un humble frotteur demandait à voir la dame d'atours de la reine. Si

Marie-Antoinette pouvait avoir la dent dure avec n'importe quel habitant du château, elle était très aimée du petit personnel, qu'elle traitait toujours avec bonté. C'était les courtisans qu'elle méprisait et raillait.
La dame d'atours conduisit le frotteur devant sa maîtresse.
– Répète à la reine ce que tu as entendu.
Le frotteur mit de côté sa timidité et prit une grande inspiration.
– J'ai entendu Sa Majesté Impériale déclarer qu'elle désirait s'approprier un certain code, elle semblait avoir l'intention de contrecarrer des projets anglais, hélas je ne sais pas du tout de quoi il s'agit.
– Mais moi oui, dit la reine.
Ainsi donc, ce cher Joseph convoitait lui aussi le code de Broglie. Sans doute avait-il intercepté quelque correspondance du Cabinet noir qu'il désirait lire. Il ignorait forcément qu'elle avait repris le réseau, il se méprenait tellement à son sujet. En revanche, il devait penser que Louis poursuivait la contre-diplomatie du renseignement mise en place durant le règne précédent. Elle comprenait mieux désormais l'objet de cette « visite d'amitié » que leur faisait l'empereur. Il lui avait bien semblé

que son frère n'était pas venu pour le seul plaisir de l'embrasser sur les deux joues.
Ce qu'elle aurait aimé savoir, c'était l'identité du traître qui vendait à l'Autriche les secrets du royaume de France. On pouvait déduire de l'entretien que ce mystérieux individu appartenait à la Cour, qu'il était au courant de bien des choses et connaissait assez le château pour se déplacer dans les corridors réservés. Cela réduisait la liste des suspects à une petite centaine de personnes tout de même.
Il ne fallait pas manquer de récompenser la fidélité du frotteur. Elle lui offrit de ses mains une tabatière en porcelaine de Sèvres ornée de son effigie. Les serviteurs s'en constituaient des collections en rapportant à la reine tout ce qu'ils entendaient à travers les portes du château.
– Trouvez qui est l'informateur de l'empereur et vous aurez la coupe à fruits assortie, promit-elle.
Une course allait se disputer, à qui récupérerait le code avant le départ de Joseph. Elle se demanda par quels moyens elle pourrait l'empêcher de retourner à Vienne avec la grille de déchiffrement des correspondances françaises.
Pour commencer, elle envoya ses plus belles dames lui tenir compagnie dans son salon chinois.

Dentelles et soieries envahirent la pièce où Joseph tentait de lire en paix. L'une des dames de compagnie s'empara de son livre.

– Ouh ! Qu'est-ce que c'est que ça ? Du Voltaire ! Votre Majesté a des préoccupations bien sérieuses ! Racontez-nous ça !

Il voulut bien leur dresser la liste des réformes qu'il envisageait pour son pays : soumettre l'Église à la puissance de l'État, tolérer les protestants, confier le gouvernement à des universitaires et non à des nobles incultes, établir le mariage civil, supprimer les privilèges des seigneurs et du clergé, encourager l'accession des paysans à la propriété, rendre l'impôt égalitaire, abolir la censure, instaurer la liberté d'expression... Il s'arrêta par manque de souffle. Ces dames étaient horrifiées. Avec un monarque comme celui-là, plus besoin de révolutionnaires !

– Voulez-vous être empereur d'une république, Sire ?

– Pourquoi pas ? Cela pourrait s'appeler une « monarchie républicaine ».

Les dames lui répliquèrent qu'une fois en république, ses sujets n'auraient que faire d'un empereur, et que ses belles réformes s'achèveraient sur un coup de hache.

– C'est une question que l'avenir tranchera, dit Joseph. En tout cas cela ne concerne pas Marie-Antoinette ni son mari.

Dans leur famille, chaque femme essayait de régner à la place de quelqu'un. À Vienne, sa mère ne se décidait pas à lui céder le pouvoir. Il était allé à Naples, où sa sœur Marie-Caroline gouvernait au nom de son époux. À Bruxelles, sa sœur Marie-Christine dirigeait les Pays-Bas autrichiens avec le sien. Et sa sœur Marie-Amélie régnait sur son mari qui régnait sur Parme.

– Savez-vous ce que fait l'impératrice quand je m'absente ? Elle ordonne à nos ambassadeurs de ne rien lui écrire d'important, car elle sait que je consulterai les archives à mon retour. En revanche, ils ont l'ordre de lui raconter ce qu'ils pensent de moi à la minute même où je reprends ma route, dans des lettres non officielles qui ne sont pas archivées. Elle a mis sur pied à travers l'Europe un faisceau de bonshommes qui doivent lui raconter les bêtises que font ses enfants. Ça lui donne de quoi se lamenter, le soir, à la chandelle. C'est un peu comme si on écrivait des romans sentimentaux rien que pour elle.

Comme Vienne était à quinze jours de cheval de Paris, il disposait d'un bon mois avant de recevoir la moindre réprimande maternelle sur son

comportement : il aurait quitté cette ville bien avant le retour du courrier.
Sur ces mots, il s'excusa auprès de ces dames de devoir les quitter. Il avait une audience avec le roi.

*

L'impératrice-mère n'était pas la seule que le séjour de son fils à Versailles inquiétait. Il y avait aussi les ministres français. Ils mirent en garde Louis XVI contre les ambitions de l'Autriche. Vergennes, qui dirigeait les Affaires étrangères, avait rédigé un mémoire où il fournissait les réponses que le roi devrait donner à son beau-frère.
– Je rappelle à Votre Majesté qu'en langage diplomatique, « oui » veut dire « peut-être » et que « peut-être » veut dire « non ».
– Et « non », qu'est-ce que cela veut dire ?
– Que l'on n'est pas diplomate. Votre Majesté a-t-elle bien compris ?
– Peut-être.
Vergennes poussa un soupir. Heureusement, l'état d'esprit de l'empereur n'était pas très compliqué à saisir.

– Dès qu'il commence à parler de conquêtes militaires, demandez-lui des nouvelles de sa mère, la co-régente.

Vergennes expliqua au roi que la politique internationale consistait à définir quelle nation allait manger l'autre. Une nouvelle guerre menaçait entre la Russie et les Turcs, c'était mauvais pour la paix dans les Balkans.

– Et quand les Balkans s'enflamment, c'est toute l'Europe qui brûle, Sire !

Par ailleurs, la santé chancelante de l'électeur de Bavière remettait en cause l'équilibre des Allemagnes. Vergennes lui rappela comment l'Autriche, la Prusse et la Russie avaient réussi à découper la Pologne en tranches sans que la France puisse intervenir. Aucun de ces trois pays ne devait être autorisé à annexer de nouveaux territoires.

– Je ne peux croire que la Prusse ait encore le projet de s'agrandir, dit Louis XVI.

– Soyons prêts à toute éventualité, Sire. Le tsar et votre beau-frère l'archiduc d'Autriche se sont proclamés empereurs, cela pourrait donner des idées au roi de Prusse.

Pour discuter politique avec l'empereur d'Autriche, Louis XVI se fit accompagner d'une partie de son gouvernement. Cela aurait été une bonne idée si ces messieurs s'étaient entendus entre eux. Le ministre de la Marine avait eu une vive altercation avec le chef du Conseil au sujet de la flotte. Le contrôleur général des Finances avait présenté sa démission parce qu'il ne supportait pas le directeur général du Trésor. Et le ministre de la Guerre était détesté de tous les autres. Chacun d'eux régnait sur son ministère avec pour unique préoccupation la volonté de s'y maintenir. Il sembla à Joseph que les Français appelaient « monarchie absolue » ce qui était plutôt une anarchie absolue.

– Comme vous le savez, mon cher beau-frère, déclara l'empereur Joseph, je suis venu resserrer les liens entre nos deux grands pays.

Et voir si vous étiez vraiment aussi sot qu'on me l'a affirmé, compléta-t-il en lui-même.

– Quelle heureuse idée ! répondit poliment Louis XVI. Voulez-vous une tabatière avec mon portrait dessus ?

Joseph avait une requête à présenter.

– Je vous en prie, répondit le roi. Elle est accordée d'avance !

Joseph voulait agrandir ses États par l'annexion de la Bavière avec le soutien de la France.

Pas question ! pensèrent tous les messieurs présents hormis l'empereur. Comme un silence s'installait, Joseph reprit la parole.
– J'aimerais aussi percer un grand mystère qui tient toute l'Europe en haleine.
– Vous cherchez le trésor des Templiers ? demanda Louis XVI.
– Je voudrais comprendre pourquoi votre jeune ménage n'a pas encore d'enfants.
– C'est l'heure de la chasse ! dit le roi en balayant la question. Qui vient à la chasse ? Il paraît qu'il y a du sanglier dans la forêt de Fontainebleau ! C'est bon, le sanglier ! Vous aimez le sanglier, mon cher beau-frère ?
Joseph passa le reste de la journée à chercher Louis XVI dans les bois pour lui parler d'alliance tactique, de politique internationale et de bébés, mais le roi de France s'était fait donner un bon cheval qui courait vite.

10

Une femme peut en cacher une autre

À Passy, deux ombres munies de lanternes se dirigeaient vers la maison du crime.

Le gardien de chez Guermain avait été emmené par la police en même temps que les ossements de sa femme. Le moment était bien choisi pour pousser l'enquête dans ses plus petits détails, c'est-à-dire fouiller les affaires du suspect.

– Vous avez votre trousseau de cambriolage ? demanda Léonard devant le portail.

Rose montra la paire de ciseaux qu'elle avait apportée.

– Et vous ?

Il transportait ses outils de coiffure, très utiles pour forcer des serrures quand on savait s'y prendre. Après avoir réussi à s'introduire dans la propriété, ils gagnèrent la folie Guermain, leurs lanternes à la main. La maison était restée ouverte. Ils se dirigèrent vers le salon.

– Vous n'avez pas perdu de temps, dit une voix dans l'obscurité.

Ils levèrent leurs lampes et découvrirent le commissaire Viclocq assis dans l'une des bergères, qui mastiquait son tabac, un verre à la main.
– Bien, mes bonnes gens, il va falloir m'expliquer votre rôle exact dans ce meurtre. Non que mes supérieurs s'en inquiètent beaucoup, mais j'aime connaître les raisons d'un crime. C'est une manie, que voulez-vous, je ne peux pas m'en empêcher. Vous ne savez pas à quel point ça m'a nui dans ma carrière.
La prudence poussa Léonard à prétendre qu'ils avaient perdu quelque chose à leur première visite.
– Regardez donc si vous voyez votre sac, ma chère, s'adressa-t-il à Rose. Elle est étourdie ! Elle sème ses babioles partout ! C'est consternant.
– Il n'y a que vous que je n'arrive pas à semer, répondit la modiste en faisant mine de jeter un coup d'œil derrière les meubles.
François Viclocq cracha une bouchée de tabac noirâtre dans une soucoupe et désigna la bouteille posée à côté de lui.
– Gardez votre salive pour me dire la vérité, nous gagnerons du temps. Un verre pour vous donner du courage ?
Sur l'étiquette, on pouvait lire : « Alcool pour distillations florales ».

– Où avez-vous trouvé ça ? demanda Léonard.
– Dans l'atelier de parfumerie.
– Non merci.
Rose se laissa tomber dans un fauteuil qui lui tendait les bras. Elle prévint le policier.
– Vous devez savoir que nous sommes missionnés par une autorité suprême qui nous interdit de prononcer son nom.
Le commissaire but une gorgée de décapant.
– Vous devez savoir, rétorqua-t-il, que je suis missionné par une autorité qui s'appelle le Châtelet et qui ne plaisante pas avec les petits malins ni avec les meurtres.
La modiste pesa le pour et le contre. Après tout, les ennuis du parfumeur pouvaient être révélés. Elle expliqua que Philidor Guermain avait des problèmes de couple. Sa fiancée, Suzelle Olivier, s'était enfuie sans laisser d'adresse. Cette fuite causait un souci en haut lieu. Ils devaient absolument la retrouver avant qu'elle ne quitte le royaume.
Leur interlocuteur restait muet comme une carpe en train de nager dans un bain d'alcool à brûler. Il attendait que le duo de cambrioleurs lâche enfin un mot utile sur les causes et aboutissants de la mort de Perline. Léonard n'en pouvait plus.

– Suzelle Olivier est un agent de la France soupçonné de vouloir passer à l'étranger avec un code secret ! lâcha-t-il enfin, juste avant de recevoir un coup d'éventail.
– Aie ! fit-il
– Double mulet cornu ! fit-elle.
– Bagasse[6] !
François Viclocq posa son verre.
– Votre numéro est terminé ? Qui vous a engagé ? La foire Saint-Germain ou le premier ministre ?
Ils répondirent que c'était le ministre.
– Ah, vous me rassurez. À vous voir si brouillons et inconséquents, j'ai cru un instant que c'était la reine. Que faites-vous dans cette maison ?
Ils s'étaient dit que, si quelqu'un avait trucidé la femme d'Onésime Despoisses, cela pouvait avoir un lien avec les activités d'espionnage de Suzelle Olivier. Peut-être l'assassin s'était-il trompé de cible ? S'ils pouvaient établir la culpabilité du gardien, l'affaire serait classée en « crime d'amour ». Mais s'ils établissaient son innocence, cela ouvrirait un champ de possibilités bien plus vaste. Ils espéraient donc découvrir un indice, une piste, une preuve. Par exemple d'autres lettres

6 Fille de peu.

désespérées de Perline, qui montreraient sa détermination à plonger dans un bain de chaux – quoiqu'à bien y penser, on pouvait douter que quiconque choisisse une fin pareille, surtout dans une maison où il y avait tant de délicieux poisons à ingurgiter – le commissaire pouvait en témoigner.
Léonard eut une idée : Suzelle n'avait-elle pas été tuée, elle aussi ? Par Onésime ou par son patron ? Deux couples, deux tueurs !
– Vous vivez dans un monde affreux, vous, constata le commissaire.
La modiste avait remarqué tout à l'heure que certains objets personnels de Suzelle étaient toujours là. Elle voulait à présent vérifier ceux de Perline.
– Quand on change de vie, voyez-vous, on emporte ses plus beaux vêtements, ses bijoux, ses affaires de toilette… Tout ce dont une femme ne se séparerait à aucun prix parce que c'est difficile à remplacer.
– À supposer que Philidor Guermain n'ait rien jeté aux ordures pour dissimuler son crime, objecta Léonard.
– Je vous dis que Suzelle est en Allemagne ! dit Rose.
– Il a pu la tuer avant qu'elle n'ait le temps de s'enfuir, insista le coiffeur. Vous n'imaginez pas à

quel point un homme peut être tenté d'étrangler sa femme. Pas seulement la sienne.
François Viclocq poussa un soupir, agacé par les chamailleries de Rose et Léonard.
– Bref, vous êtes entrés ici de nuit, par effraction, au mépris de la loi, des autorités de police et du respect de la propriété privée, et en plus vous réglez vos comptes.
Puisque le commissaire connaissait Onésime, ils se dirent qu'il avait sûrement vu Perline à plusieurs reprises. Léonard en profita pour revenir au sujet qui les intéressait et lui demanda quel genre de fille était la femme d'Onésime.
– Une grande brune plutôt sèche et autoritaire.
– À propos, demanda Rose, connaissez-vous une certaine Vincelette Montouillaut ?
La question suscita deux choses dans l'esprit du commissaire : d'abord, ces hurluberlus se permettaient de l'interroger, ce qui était un renversement des rôles très audacieux de leur part ; ensuite, ils en savaient déjà fort long sur les bizarreries survenues à Passy depuis un mois.
– La seule fois où j'ai entendu ce nom, c'était dans la bouche d'un lieutenant en robe courte nommé Moulimeuf. Mais mon petit doigt me dit que vous vous en doutiez, n'est-ce pas ?

Ils hochèrent la tête d'une manière qui voulait dire : « C'est bien possible. »
Ce Moulimeuf s'était présenté au commissariat quelques semaines plus tôt. Il prétendait avoir été chargé de retrouver cette Vincelette Montouillaut. Mais son discours sonnait faux. Par ailleurs, l'attitude méprisante qu'il lui témoignait avait dissuadé le commissaire de l'aider. Aussi avait-il gardé pour lui ce qu'il savait.
– Et que saviez-vous ? demanda Rose.
– Disons que la description qu'il m'a faite de ladite Vincelette évoquait fortement Perline Despoisses. Onésime est un ami, je ne lui veux pas de mal, je n'avais aucune raison de lui nuire pour faire plaisir à un lieutenant mal embouché.
Il avala une nouvelle rasade de produit de distillerie.
– Gardez ces confidences pour vous, ajouta-t-il, les adjoints du lieutenant général Lenoir n'attendent qu'un faux pas pour me délivrer un congé sans solde.
– Merci de nous avoir aidés, dit Rose.
– Ce n'est pas vous que je veux aider, c'est la vérité, et accessoirement éviter à un pauvre gardien au cœur tendre d'être roué en place publique pour le meurtre de sa femme.

Il prit la bouteille au contenu explosif et se dirigea vers la sortie.
– Je vous laisse fouiller. Si vous obtenez un résultat, j'espère que cela profitera au moins à l'un d'entre nous – Onésime, par exemple.
Une fois seuls, ils quittèrent le salon pour explorer le boudoir et la chambre de madame.
Chez Suzelle, Léonard déclara qu'il était inutile d'explorer à nouveau l'armoire et la commode, puisqu'elle n'avait rien emporté du tout. Rose n'était pas du même avis.
– Il manque une robe de percal, deux chemises à manches en amadis, tous ses bas de soie, ses souliers de satin et probablement la moitié de ses tenues de nuit. Cela correspond à ce qu'elle pouvait fourrer dans trois gros ballots.
– Comment pouvez-vous le savoir ?
– Aucune femme qui se respecte ne possède moins de deux chemises bien coupées, Suzelle était assez riche pour s'offrir des bas de soie, et je vois ici la griffe du chausseur Pérignon sur un chausse-pied : où sont les souliers correspondants ? Hors de la couette et du chignon, vous êtes perdu, dites-moi.
La conclusion de Rose était sans appel :

– J'ignore si Suzelle est aujourd'hui duchesse en Allemagne, mais elle n'avait pas l'intention de revenir.
Restait à espérer que l'examen des effets de Perline prouverait l'innocence ou la culpabilité d'Onésime.
Ils montèrent sous les combles où logeait le gardien. La chambre conjugale contenait l'attirail habituel dont les femmes avaient besoin pour leur figure, leurs ongles, leurs sourcils et toutes les autres parties de leur anatomie. L'armoire était bien garnie. Seuls manquaient les corsets : la modiste n'en trouva aucun. C'était étrange, les femmes aimaient en avoir au moins deux pour en changer au cas où l'un craquerait. Les corsets étaient délicats à fabriquer, ils se cousaient sur mesure, on pouvait difficilement s'en procurer un à sa taille du jour au lendemain, et ils coûtaient cher.
– Pas de doute, dit Léonard en remuant les sous-vêtements, il l'a étranglée et il a cherché à changer le cadavre en savonnettes.

– Si c'était lui, il se serait enfui au lieu de nous conduire tout droit à la cuve, rétorqua Rose. Vous resteriez vivre à côté du squelette d'une

femme que vous avez étranglée, vous, espèce de ployeur[7] de toilettes ?
– Répétez-ça et je tente l'expérience, menaça Léonard.
Les chambres n'ayant pas donné de résultats très concluants, ils passèrent au reste de la maison. Dans la cuisine, Rose entreprit de renverser les pots. C'était une cachette de pâtissière : un homme ne songerait jamais à regarder là-dedans. Léonard nota l'information pour le jour où il voudrait connaître les petits secrets de sa modiste.
Rose vida les pots de raisins secs, de sucre, de farine.... Rien nulle part.
– Si vous trouvez quelque chose, pensez à vous acheter un billet de la loterie royale ! plaisanta le coiffeur.
Quelque chose brillait dans le petit monticule de froment qu'elle venait de créer sur la table. Elle en retira une chaîne au bout de laquelle pendait un médaillon gravé au nom de « Vincelette ». Le prénom n'était pas très courant, il n'existait qu'une seule explication : Vincelette Montouillaut était bien Perline Despoisses. Cette Perline qui était morte juste après qu'un lieutenant des gardes en

---

[7] Explorateur.

robe courte fût venu poser des questions à son sujet. Que lui voulait Moulimeuf ? Voilà un homme qui faisait un beau suspect !
Léonard laissa Rose à ses réflexions, il avait besoin de sacrifier à un besoin naturel. Alors qu'il s'éloignait de la maison, sa lanterne à la main, à la recherche d'un tronc accueillant, il poussa un cri : il avait failli se tordre la cheville en marchant dans un trou. Ce trou contenait des fragments d'étoffes noircis.
– Rose ! Venez vite !
Ils n'avaient sûrement pas la même conception de la vitesse, car la modiste accourut sans se presser. Léonard s'était assis sur une souche pour nettoyer ses bas et sa culotte.
– Ce n'est pas trop tôt ! s'écria-t-il quand elle l'eut rejoint. Des bandits auraient pu me trucider dix fois !
– J'ai voulu leur laisser du temps, il ne faut pas bâcler le travail, répondit Rose d'un ton cynique.
Le trou qui l'avait fait trébucher contenait les restes d'un feu qui ne datait pas d'hier. On avait brûlé des habits. Il n'aurait su dire si ces tissus avaient habillé un homme ou une femme.
– Ce sont des vêtements féminins, dit la modiste au premier coup d'œil. Ces coutures sont typiques

d'une robe à la circassienne. En revanche, pas de corsets. Tout ça a été empilé en vrac et on y a mis le feu.
Ils reconnurent un morceau de cotonnade assorti à une coiffe de Perline qu'ils avaient vue dans sa chambre.
– Mauvaise nouvelle pour Onésime, dit Léonard. Qui d'autre que lui aurait brûlé les affaires de sa femme ?
Rose avait une autre théorie. Le gardien ne l'avait pas tuée : elle avait été poursuivie par un homme qui l'avait connue avant son mariage, qui avait perdu sa trace, qui l'avait retrouvée mariée à un autre et qui s'était vengé. Ce lieutenant Moulimeuf, par exemple. Ou la personne qui avait payé Moulimeuf pour la lui ramener.
– Et la lettre d'adieu, dit Léonard, vous l'expliquez comment ?
– Moulimeuf aura persuadé Perline-Vincelette de le suivre, elle aura écrit une lettre d'adieu à son mari ; puis cet abominable individu l'aura poignardée ou Dieu sait quoi avant de la balancer dans la chaux.
Une idée la frappa soudain.
– Perline avait une autre vie sous le nom de Vincelette ! Si ça se trouve, elle était bigame !

– Bigame ? répéta Léonard. Quand on change de nom entre deux mariages, c'est aussi de la bigamie ?

– Ne me racontez pas votre vie privée, lui lança Rose avant de se diriger vers la sortie.

11
A la poursuite du diamant mauve

Rose et Léonard savaient désormais à quel moment Suzelle avait quitté la maison de Passy. Le gardien l'avait vue pour la dernière fois le jour de sa fête, la Saint Onésime. Cela dit, éclaircir des mystères, c'était bien joli, mais la mission qui avait été confiée au coiffeur et à la modiste consistait à retrouver le code de Broglie dérobé par Suzelle, pas à étiqueter des squelettes.
L'intention la plus probable de Suzelle devait avoir été de filer en Allemagne, soit pour négocier le code, soit pour épouser un duc ainsi que le pensait le parfumeur. Avec ou sans Montaine de Maronval. Dans les deux cas, elle était allée prendre une voiture publique dans un relais d'où partait le courrier pour Strasbourg.
Aussi Léonard se déplaça-t-il dès le lendemain jusqu'à cet établissement, d'abord parce qu'il était dévoué au service de la reine, ensuite parce qu'il avait manqué de veine quand Rose et lui avaient tiré au sort lequel des deux accomplirait la corvée.

Paris puait, c'était d'autant plus frappant quand on sortait d'un charmant village embaumé de fleurs et de tilleuls. Il traversa le pont Neuf, d'où l'on voyait très bien le fleuve car on n'y avait pas construit de maisons. La Seine n'était qu'un immense collecteur de matières dégoûtantes, notamment le sang des abattoirs. Les *vuidangeurs* de fosses versaient leurs saletés dans les ruisseaux qui les acheminaient jusqu'aux rives où les porteurs d'eau puisaient chaque matin le liquide destiné aux boissons des Parisiens.

Un peu plus loin, le quartier des Innocents[8] était envahi de cadavres d'indigents. Les autorités avaient proposé de les brûler, mais le clergé avait poussé des cris : comment Dieu s'y retrouverait-il pour ressusciter tout ce monde-là au jour du Jugement ? Le Seigneur réclamait qu'on lui fournisse au moins des os, non des cendres.

Il y avait devant le Colisée un encombrement de gens et de voitures. Cet édifice était une vaste baraque en stuc élevée l'année précédente dans les jardins qui s'étendaient entre les Champs-Élysées et le faubourg Saint-Honoré. Il abritait des bals à deux

---

[8] Aujourd'hui la place des Innocents, à côté du forum des Halles.

mille participants où les bourgeois pouvaient imiter les divertissements des nobles. On y donnait aussi des fêtes nautiques. L'empereur avait voulu voir ça. La simplicité et l'affabilité de Joseph II séduisaient les Parisiens, peu habitués à cette absence de faste. Louis XVI ne venait jamais s'amuser au milieu de la foule, il n'apercevait ses sujets que du haut des estrades où l'on plaçait son trône, il y avait toujours ses nobles entre le peuple et lui. Au contraire, Joseph cheminait comme un particulier, se laissait approcher et discutait volontiers avec les quidams qui s'adressaient à lui au mépris du protocole.
– Ce fou est en train de ruiner la monarchie dans l'esprit des Français ! dit un badaud en tricorne à galon, muni d'une canne à pommeau d'argent. Vous verrez qu'ils finiront par réclamer un empereur !
– Un empereur des Français ? dit un autre. Quelle idée risible ! Et pourquoi pas une république suisse, tant qu'on y est ?
Quand il se fut frayé un chemin jusqu'au relais de diligence, Léonard proposa à un valet de s'asseoir avec lui et commanda de la bière pour tous les deux. Il avait des questions.
– Vous devez être un argousin, dit le valet.
– Ne dis donc pas de sottises, mon brave. As-tu déjà vu un policier si bien coiffé ?

Son brave dut admettre que non.
– C'est à propos d'une dame qui est venue ici il y a un mois.
– Il en vient tellement ! dit le valet. Comment me souviendrais-je d'une dame d'il y a un mois ?
– Avec un peu de bonne volonté, suggéra Léonard en posant sur la table quelques belles pièces de monnaie luisantes. C'était à la Saint Onésime. Une belle blonde, très élégante, qui serait montée dans la voiture de Strasbourg. Elle se nomme Suzelle Olivier.
– Ah, cette dame-là ? dit le valet en empochant l'argent. Bien sûr que je m'en souviens ! Grande, très bien mise. Elle a pris une chambre pour attendre le départ.
Il se souvenait d'elle parce qu'elle lui avait donné un très généreux pourboire pour lui servir à souper. Elle portait une tenue entièrement mauve de la tête aux pieds, souliers et bonnet compris.
Léonard vit que les pourboires étaient décidément un puissant stimulant pour la mémoire de ce garçon. Quelle chance que Suzelle se soit montrée si généreuse ! Ce n'était pas très discret de la part d'une voleuse de code secret en route vers ses clients germaniques. Elle devait se sentir bien sûre d'elle. Pour sa part, il aurait filé à l'anglaise, vêtu en

simple marchand, quitte à renoncer à cette magnifique chevelure bouffante qui faisait l'envie des personnes à la mode et des gallinacées.
– Donc elle est partie seule ?
– En tout cas, elle n'a pas soupé seule, dit le valet avec un clin d'œil qui valait de l'or.
Léonard se fendit d'une autre pièce.
– Une dame est venue la rejoindre.
– Laisse-moi deviner. Grande, solidement charpentée, des épaules larges, une façon de s'adresser à toi comme si tu étais son ordonnance de cavalerie…
– Vous la connaissez bien visiblement, dit le valet.
Ainsi la directrice du jeu de Paume de Vaugirard avait menti quand elle disait ignorer où était passée Suzelle. Même en supposant qu'elle ne l'avait pas accompagnée en Allemagne, elle savait pertinemment que son amie avait pris la diligence de l'Est.
Le valet avait-il remarqué les bijoux de la voyageuse ? Ses cheveux étaient-ils en chignon ou en nattes ? Raides, ondulés ou bouclés ? Blonds naturels ou teints ? D'une nuance plutôt sablée ou plutôt champagne ?

– Je ne sais pas, elle portait un bonnet. Un gros bonnet, comme en portent les femmes fortunées, ces temps-ci.
– Un pouf, traduisit Léonard.
Encore un ravage de cette mode inventée par Rose Bertin. Les femmes cachaient les magnifiques ouvrages d'art conçus par leurs coiffeurs sous d'horribles couvre-chefs voyants et enveloppants qui gâchaient tout. Allez courir sur la trace des suspectes, après ça !
À la sortie du relais, une voix rogue héla Léonard.
– Hep ! M. Autier ?
Il se retourna pour découvrir un grand bonhomme ventru, pourvu du vêtement d'un misérable et de la rudesse d'un policier, les pieds dans le ruisseau répugnant qui coulait au milieu de la chaussée.
– À qui ai-je l'honneur, Monsieur ?
Il avait l'honneur de s'adresser au lieutenant Moulimeuf en personne.
– De la garde en robe courte ! s'écria le coiffeur avec un large sourire.
– Ah, euh, oui... Vous me connaissez ?
– Qui ne connaît pas le lieutenant Moulimeuf ? Vous êtes connu comme le loup blanc, à Paris ! Des filles publiques, des souteneurs, des malfrats, des escrocs, des tire-laine, des vide-goussets... Votre

réputation a franchi toutes les bornes de l'ignominie, vous savez !
– Euh, merci, dit le policier, quoique peu certain d'avoir reçu un compliment. J'ai à vous parler.
Il empoigna son interlocuteur par le bras et l'entraîna contre une maison pour discuter sans risquer d'être heurtés par une voiture attelée.
– Hier vous étiez chez Guermain, à Passy. À présent, vous voilà au départ des diligences, mais vous ne prenez pas la diligence.
– Vous m'avez suivi, lieutenant ? Mais il fallait vous montrer, je vous aurais emmené avec moi ! Vous n'avez pas trop pataugé dans la crotte, j'espère ?
– Ne faites pas le malin avec moi ! Je veux savoir pourquoi vous vous permettez de fureter dans les parages d'un décès suspect.
– Et vous, lieutenant ? Vous avez été chargé de l'enquête ? À ma connaissance les gardes en robe courte assurent la sécurité des rues de Paris. Pas la résolution des crimes commis chez les particuliers.
Moulimeuf le saisit au col et le poussa contre la façade.

– Écoute-moi, avaleur de pois gris, ces disparitions ne sont pas ton affaire. Je connais des gens très haut placés qui n'aiment pas te voir

fouiner. Si tu as appris quelque chose sur le crime de Passy, je veux le savoir.
– Je n'en sais pas plus que le commissaire de Passy, lieutenant.
– Ça ne doit pas être grand-chose, dans ce cas, dit Moulimeuf avec le mépris des officiers en robe courte pour un petit commissaire de quartier. Viclocq n'y voit pas plus loin que le fond de ses bouteilles.
– Dites-moi, lieutenant, c'est Suzelle Olivier ou les ossements de Perline Despoisses qui vous intéresse ? Ou les deux ?
– C'est moi qui pose les questions. Qu'êtes-vous allés faire à Passy, ta bonne amie et toi ?
Le terme « bonne amie » choqua davantage le coiffeur que la pression sur sa gorge.
– Passy est un village protégé, privilégié, favorisé, reprit Moulimeuf. Vous y venez et voilà qu'on y ramasse des ossements à la pelle !
– Nous étions sur les traces d'une certaine Vincelette Montouillaut, répondit Léonard. Vous la connaissez ?
Moulimeuf parut aussi stupéfait que si le coiffeur lui avait cité le nom de ses ancêtres en remontant jusqu'au roi Dagobert.

– Non, ça ne me dit rien, répondit-il au bout de quelques instants, bien que sa réaction suggérât le contraire. En tout cas, je ne veux plus vous avoir dans les pattes, ni toi ni la modiste aux falbalas. Je n'aime pas qu'on joue au policier sans avoir été engagé pour ça.
Léonard se garda de répondre qu'il ne jouait pas et qu'il avait été engagé exactement pour ça. Il touchait ses émoluments en commandes poudrées pour des séances de coiffure parfumées, non en écus malodorants qui avaient traîné n'importe où, comme son interlocuteur. Bien sûr, on ne pouvait pas attendre de la police officielle qu'elle se montre aussi généreuse et stylée que Marie-Antoinette.
Quand Moulimeuf l'eut lâché, Léonard prit le chemin de son salon de coiffure tout en réfléchissant aux informations qu'il venait de grappiller. Suzelle avait donc soupé avec Montaine de Maronval au relais de poste le soir de sa disparition. Puis elle était partie vers l'étranger. Quant aux mésaventures qui avaient conduit Perline à un décès tragique, l'affreux Moulimeuf avait au moins raison sur un point : ce n'était pas leur affaire. Quoique…
Une idée ingénieuse lui vint. Il allait inciter Rose à essayer de percer le mystère du squelette en robe de mariée. Elle tomberait forcément sur Moulimeuf, la

brute incontrôlable. Nul doute que l'un des deux resterait sur le carreau. Dans les deux cas, ce serait tout bénéfice pour lui… Si la modiste connaissait une fin prématurée, il saurait bien consoler la reine, il lui fournirait une couturière plus agréable que celle qu'elle avait en ce moment.

Cette pensée lui donna des ailes, il regagna son domicile en sautillant entre les flaques douteuses qui souillaient les rues.

12
Bruits de couloirs à Versailles

Louis XVI entra dans une pièce sous les toits dont lui seul avait la clé. Le lieu ressemblait à un petit salon garni de livres et meublé d'un sofa confortable. Il était censé s'y adonner à des lectures qui lui permettaient ensuite de faire de bonnes siestes.

Un instant plus tard, la commode s'ouvrit pour dévoiler deux enclumes, le guéridon se changea en réchaud, la table se renversa pour devenir établi, quant aux outils, ils remplissaient les coussins du fameux sofa, bien cachés dans la bourre. Les fausses reliures des rayonnages dissimulaient une collection de machines, tours à guillocher, appareils à pincer, instruments de visées et d'arpentage, lunettes astronomiques, baromètres, thermomètres, et chronomètres.

Le nouveau passe-temps du roi était la fabrication de serrures à secret qu'on ne pouvait ouvrir qu'en appuyant au bon endroit ou en tournant la clé en sens inverse. Hélas, la serrurerie ne figurait pas au nombre des délassements royaux auxquels ses prédécesseurs avaient accoutumé la Cour, comme par exemple la chasse et les après-midis crapuleuses avec les dames d'honneur de la reine. Louis XVI s'arrangeait donc pour dissimuler cette passion coupable et forger en paix sous la conduite d'un artisan discret.

Ce jour-là, sa visite à l'atelier-bibliothèque semblait cependant devoir être consacré à la lecture. Un mémoire avait été déposé sur le tabouret-seau de refroidissement. Il était rempli de méchancetés et de détails piquants sur les intrigues sentimentales qui se nouaient à la Cour.

Après l'avoir consulté, Louis XVI frappa la paroi selon un code convenu. Ce ne fut pas M. Poux-Landry, son serrurier, qui entra, mais le marquis de Pezay.

Si Louis XVI avait renoncé à conserver le cabinet noir organisé par son grand-père Louis XV, il avait tout de même chargé un ou deux agents de le renseigner directement sur certaines affaires. Pezay était l'un d'eux. Il était arrivé à la Cour en devenant l'amant de la princesse de Montbarrey, puis ses indiscrétions avaient fait de lui l'informateur du roi. Il ramassait tous les menus propos qu'on entendait dans les salons et que nul n'osait répéter à Sa

Majesté. Pezay avait osé, il avait compris que le roi ne voulait pas s'intéresser aux ragots en public, mais qu'il suffisait de l'en informer en privé pour qu'il vous prête une oreille attentive. Pezay formait à lui seul un « ministère clandestin » des rumeurs.

– Il faudrait que je songe à vous récompenser, dit le roi. Je pourrais vous nommer intendant des postes, vous aimez tant m'écrire…

– J'aimerais mieux devenir ministre de la Guerre, Sire.

– Comme vous y allez ! Il faudrait au moins me dénoncer un complot international, pour ça !

– J'ai mieux, Sire.

Il détenait la copie d'une lettre que l'empereur avait écrite quelques jours plus tôt. Joseph y exposait à son frère Léopold, grand-duc de Toscane, l'opinion qu'il s'était faite de Louis XVI : « Cet homme est un peu faible, mais point tout à fait imbécile. Il a des notions, du jugement, or il est accablé d'une apathie de corps et d'esprit. Il peut tenir des conversations sensées, mais n'a aucun goût de s'instruire ni aucune curiosité. On ne peut pas dire que l'Esprit Saint soit tombé sur lui ! »

– Cela vaut-il un ministère, Sire ? demanda Pezay tandis que Louis XVI restait interdit.

– M. de Saint-Germain occupe déjà ce poste.

– Sire, si je puis me permettre, c'est un imbécile.
– Et vous non ?
– Justement, Votre Majesté pourra me nommer sans rien y perdre, on ne verra pas la différence. Un imbécile en vaut un autre. C'est une qualité pour un ministre : elle les rend faciles à remplacer.
– Il y a du vrai dans ce que vous dites. Je vous soupçonne de n'être pas si bête que vous le prétendez.
– Votre Majesté m'honore, dit Pezay avec une révérence.
Louis XVI le pria de lui résumer un peu sa carrière pour qu'il puisse voir s'il avait les compétences.
– Je m'occupe avec assiduité de vos renseignements. J'étais précédemment sous la direction de M. de Bois-Doublet.
– J'ai dû le renvoyer après ce scandale des petites filles…
– Puis j'ai travaillé sous les ordres du maréchal de Fécamp.
– Dont j'ai dû me passer quand il a été accusé de prévarication. Il a gravement manqué à ses obligations.
– Votre Majesté voit bien qu'elle gagnerait du temps en me nommant tout de suite.

Louis XVI répondit qu'il allait réfléchir. Pezay s'inclina et se retira comme il était venu, sans un bruit. Il avait accédé au roi en réchauffant le lit de la princesse de Montbarrey. Encore une ou deux princesses et ses ambitions ne connaîtraient plus de bornes !

De ce moment, Louis XVI n'osa plus se déplacer librement dans le château, de peur de tomber sur Joseph. Cela n'empêchait pas les deux hommes de se rencontrer sans cesse « fortuitement ». Quand il sortait dans la galerie, le roi cherchait des yeux dans la foule de ses courtisans un habit autrichien galonné d'or pour filer de l'autre côté, mais l'empereur prenait un malin plaisir à se vêtir d'une simple veste de toile unie tout juste bonne pour un fournisseur.

– Mon cher beau-frère ! s'exclama-t-il dans le dos de Louis XVI, qui sursauta. J'ai eu du mal à vous rejoindre, dites donc ! La moitié des portes n'ouvrent plus ! Il paraît que les serrures se bloquent ! Mais qui s'occupe de l'intendance, ici ?

Le roi se rembrunit.

– Bon, cher beau-frère, que puis-je pour vous ?

– J’ai eu une grande idée, cette nuit ! Nous pourrions nous allier pour démembrer l’empire ottoman, vous et moi, en famille !
– Aimez-vous chasser le cerf ? répondit Louis XVI. On m’a dit qu’il y a un grand cerf dans les bois de Rambouillet. Qu’on fasse seller les montures royales ! Votre mère l’impératrice aime-t-elle chasser le cerf ?
Joseph, ignorant l’énième pique que le roi lui lançait, décida qu’il irait demander l’alliance du tsar. Il faudrait pousser son voyage jusqu’à Saint-Pétersbourg, voilà tout. Ces Français étaient vraiment trop peureux. Il avait eu raison de s’allier à la Prusse pour découper la Pologne. Si la France ne voulait pas l’aider à prendre la Bavière, il s’entendrait avec les Russes pour attaquer les Turcs. Ce tour d’Europe était une partie d’échecs à taille humaine.
Il remarqua des feuillets éparpillés sur le parquet de la galerie.
– Qu’est-ce donc ? dit-il en en ramassant un. Des poèmes ?
Louis XVI savait par Pezay que de mauvais plaisants répandaient des pamphlets où ils se moquaient de sa virilité défaillante, c’était une arme

contre sa politique. Il essaya de lui prendre les papiers des mains.
– C'est un hommage en vers que mes sujets m'écrivent !
– Celui-ci parle de votre femme, j'y vois son nom.
Joseph baissa la voix et ajouta en confidence :
– Elle a son caractère, hein ? Si j'étais son époux, je saurais bien la faire marcher droit. À la badine !
– Comment va Madame votre mère ? demanda Louis XVI.
L'arme absolue manqua une fois de plus son coup. Joseph ne se laissa pas déstabiliser.
– Voyez-vous, répondit l'empereur, je ne suis pas venu seulement pour découvrir la France, notre mère m'a confié une mission : identifier le problème qui empêche ma sœur de donner un héritier à votre royaume.
Comme Marie-Antoinette approchait, Louis XVI en profita pour s'éclipser et la laisser en tête à tête avec Joseph transformé en conseiller conjugal.
– Votre cher frère va vous entretenir de sujets qui vous raviront, dit-il en s'en allant.
Joseph tira de sa poche un aide-mémoire où il avait noté tout ce que Marie-Antoinette faisait de travers. Elle avait beau être orpheline de père depuis sa petite enfance, elle avait le bonheur de posséder un

frère qui entendait remplir ce manque. Il se prenait aussi pour son confesseur, pour son juge, tout sauf son ami.

– J'ai ouï dire que vous faisiez lit à part, ma chère sœur. Il va bien falloir que quelqu'un s'en mêle !

– Et en tant que frère vous vous croyez le mieux placé...

– Mère et moi ne sommes d'accord que sur un point, à votre sujet. Nous pensons que vous ne savez pas être une bonne épouse. Nous attendons de vous des enfants et de la fidélité à votre famille.

– Mais… Ma famille, ce sont les gens d'ici.

– Ma chère sœur, vous mangez trop de camembert et de jambon de Bayonne, je vous enverrai du *sachertorte* et du *strudel*.

Selon lui, l'épouse avait des devoirs envers le mari : elle devait assurer la satisfaction de ses besoins et ne se préoccuper que de son bien-être. On ne se mariait pas pour perdre son temps à folâtrer avec son groupe d'amis pendant que le mari était à la chasse !

– Pourtant, dit Marie-Antoinette, j'ai eu vent de vos escapades chez les actrices et chez les danseuses de l'Opéra.

– Ah, mais moi, ce n'est pas pareil ! Je suis un homme ! Je suis veuf ! Je suis en voyage ! Il faut bien se frotter aux spécialités locales !
– On m'a dit que vous vous étiez beaucoup frotté depuis votre arrivée ici. À Mlle Guimard, à Mlle Arnould…
Il jeta machinalement un coup d'œil vers la porte et lui fit signe de se taire.
– Rassurez-vous, poursuivit-elle, Mère n'en saura rien. Ni de votre passage dans la villégiature de M. de Monville, notre plus sympathique voluptueux. Je me suis laissé dire qu'il éloignait ses domestiques les soirs où il reçoit des messieurs accompagnés de petites femmes.
– Par qui savez-vous cela ?
– Mais par vous-même, mon frère. Vous l'avez raconté lors d'un souper dans le bel hôtel de M. de Beaujon. Il se trouve que M. de Beaujon est le banquier de la Cour et qu'il compte le rester. Il avait de bonnes raisons de m'en parler… Un million de bonnes raisons…
Malgré les apparences et les accusations de Marie-Antoinette, la mission de Joseph était une réussite. Il avait réussi à rapprocher les deux époux : ni l'un ni l'autre ne pouvait plus le supporter. Louis XVI écrivit à son ambassadeur de convaincre les Turcs

d'attaquer l'empire autrichien afin que Joseph soit rappelé d'urgence à Vienne pour organiser la défense. De son côté, la reine échafaudait des plans pour fourrer son frère tout ficelé dans un carrosse qui l'emmènerait prendre un bateau pour n'importe quelle destination lointaine, de préférence un endroit où les gens vivent tout nus avec des plumes sur la tête.

13
Une sirène dans le potage

Léonard avait établi son programme de la matinée : il devait faire un saut chez Montaine de Maronval pour s'expliquer entre hommes, ou presque. Il voulait des précisions au sujet du repas qu'elle avait pris avec Suzelle au relais de diligence. Comment avait-elle pu prétendre qu'elle ignorait ce qu'était devenue son amie alors qu'elle l'avait mise dans la voiture de Strasbourg ? De qui se moquait-elle ? De lui. Il n'aimait pas ça. Les rieurs et les menteurs n'ont qu'un défaut : ils ne supportent pas qu'on se rie d'eux ni qu'on leur mente.
Parvenu chez Montaine, il frappa à la porte, attendit, ne reçut aucune réponse, se dit qu'on lui refusait l'entrée, tourna la poignée. C'était ouvert. Dans la pièce principale, des bouteilles et deux verres abandonnés sur une table suggéraient qu'on s'était amusé ici, la veille, au point d'avoir oublié de fermer à clé. L'occupante des lieux devait être en train de ronfler au fond de son lit en agréable compagnie. Il décida d'attendre un peu qu'elle se lève et, pour s'occuper, jeta un coup d'œil indiscret autour de lui. Il était convaincu que le mot

« indiscrétion » avait été inventé par des gens qui manquaient tristement de curiosité.
Ayant parcouru les pièces du rez-de-chaussée, il hésitait à explorer les tiroirs lorsqu'il entendit des pas aussi sonores que ceux d'un éléphant dans l'escalier. Une femme âgée, blanchie sous le harnois, descendait les marches avec un seau, un balai et une serpillière. Elle déposa son barda sur le sol du vestibule avant de remarquer la présence intrusive de Léonard.
– Ben ça ! Quesse vous fichez là, vous ?
Il répondit qu'il était venu voir Mme de Maronval.
– L'est pas là, dit la femme de chambre en empoignant ses instruments pour commencer à serpillier. Comment z'êtes entré, d'abord ?
– Ne vous tracassez pas, ma brave dame, je suis un ami.
Elle le jaugea de haut en bas, la mine peu tracassée.
– Z'êtes pas son genre. Elle les préfère plus fessues, avec de la poitrine.
Léonard se présenta. Il était fabricant de raquettes et venait discuter de l'approvisionnement de la salle de Vaugirard. Il avait mis au point un nouveau modèle idéal pour les gens qui aiment frapper comme des sourds dans des balles pour les envoyer dans les parties sensibles de leurs adversaires.

– L’est pas là, j’vous dis, répéta la nymphe de l’eau savonneuse avec de grands coups de balai dans les pieds de meubles qui ne lui avaient rien fait.
– Sans doute ne va-t-elle pas tarder, nous avions rendez-vous, je vais patienter, si vous voulez bien.
Elle se fichait complètement du coiffeur, seuls les moutons de poussière et les taches grasses avaient son attention.
Quand elle fut partie nettoyer d’autres pièces avec la délicatesse d’un envahisseur conquérant l’Europe centrale, Léonard gravit l’escalier à pas de loup pour porter ses indiscrétions au premier étage. La chambre à coucher était précédée d’un boudoir où trônait une coiffeuse garnie de produits qu’il se serait attendu à voir chez une coquette, moins chez une championne de paume bâtie pour assommer les bœufs. Il tâcha d’imaginer Montaine pomponnée pour le bal, avec de petits nœuds dans les cheveux. C’était difficile, l’image de l’uniforme de cavalerie restait gravée dans sa mémoire. Quelqu’un avait renversé de la poudre partout. On avait aussi essuyé un rouge à lèvre qui avait laissé une longue trace sur une serviette de toilette.
La porte de communication avec la chambre était restée ouverte, il glissa un œil à l’intérieur. Le lit était vide. Deux oreillers chiffonnés suggéraient

qu'on y avait dormi à plusieurs. Sur le sol, il ramassa un mouchoir parfumé au santal et brodé des initiales G. V.
L'armoire contenait un mélange de vêtements féminins et masculins tel qu'on devait en trouver chez les gens mariés – c'était une supposition de sa part, il n'avait pas pris le mariage assez au sérieux pour expérimenter longtemps la vie commune. Un instant, il se demanda si Montaine n'avait pas la manie de se vêtir en homme. Il connaissait d'autres personnes dans ce cas, comme cet abbé qui ne venait à la Cour qu'avec une traîne de duchesse sans choquer grand monde ; et aussi un agent du roi, à Londres, qui s'habillait si souvent en femme que nul ne pouvait dire de quel sexe il était. Cependant, à mieux y regarder, ces culottes et ces pourpoints n'étaient pas à la taille de la championne. Les cuisses et les épaules qui avaient remporté tant de tournois n'auraient pu y entrer sans déchirer l'étoffe.
Ainsi donc cette femme surprenante cachait plus d'un secret ! Elle avait un petit compagnon ! À en juger par le costume, celui-ci était d'une constitution nettement plus frêle que sa maîtresse, il devait avoir une nature longiligne et une taille à peu près dans la moyenne. Il s'habillait avec un goût

simple, sans chichis ni fioritures, mais se chaussait sur mesures – les souliers semblaient tout neufs. Pour une fois, Léonard regretta l'absence de l'insupportable manieuse de dés à coudre, elle aurait certainement multiplié les déductions à la vue de ces tissus et de ces dentelles, mais on ne peut pas avoir sa tranquillité et l'aide de Mlle Bertin.
Un peu plus profond dans l'armoire, il dénicha une robe mauve pareille à celle que le valet du relais disait avoir vue sur Suzelle Olivier. Il trouva aussi les chaussures à talon et le pouf à ruban mauve assortis. Cela ne pouvait être une coïncidence, et d'ailleurs cette robe non plus n'était pas aux dimensions gargamellesques [9] de la joueuse de paume. Indubitablement, Suzelle était passée par ici et y était restée assez longtemps pour y déposer des vêtements. L'hypothèse du mariage avec un duc allemand partait en fumée. La bonne, l'excellente nouvelle, c'était que l'espionne était de retour dans le beau royaume de France. Avait-elle échoué à négocier le code de Broglie ? L'avait-elle encore sur elle ? Se l'était-elle fait voler ? L'éventualité de terminer cette affaire à l'avantage de la France, de

---

[9] Gargamelle est la mère de Gargantua dans le roman de Rabelais.

la reine et des humbles artisans à son service pouvait de nouveau être envisagée. Quel bonheur ! Et s'il arrivait à élucider le mystère pendant que Rose s'embourbait dans ses difficultés familiales, quelle félicité inestimable ! Son cœur s'emplissait de joie. Il croyait flotter sur un nuage doux et soyeux comme des cheveux d'anges.

Restait une porte close, probablement celle du cabinet de toilette destiné aux ablutions matinales. Cette barrière lui posait un double problème. D'abord, il tenait à visiter l'endroit car il avait un petit besoin naturel à satisfaire, la joie lui pesait sur la vessie. D'autre part, il n'était pas d'humeur à laisser une vague serrure lui résister. Il était le conquistador des codes secrets, pas question qu'un bout de ferraille dans un panneau de bois ruine cette délicieuse impression d'invincibilité.

D'habitude, on laissait ce genre de clé dans la serrure pour ne pas courir le risque de l'égarer. Puisque ce n'était pas le cas, on avait dû la ranger quelque part. Après avoir cherché dans tous les tiroirs et les coupelles, il vit qu'elle était simplement posée sur le marbre de la cheminée. Il se hâta d'ouvrir, prêt à se soulager victorieusement dans le premier pot de chambre à sa portée.

En premier lieu, il constata que Montaine de Maronval s'était offert le luxe d'une baignoire en métal, un beau modèle à pieds en pattes de lion digne d'une personne fortunée, que ses exploits lui avaient peut-être permis d'acquérir, à moins qu'il ne s'agisse des sommes issues des petits trafics de « serviettes » organisés dans les vestiaires de son établissement. Par ailleurs, à l'intérieur de la baignoire gisait Montaine elle-même. Elle était nue et sa poitrine avait saigné à hauteur du sein gauche. Léonard avait assez étudié l'anatomie humaine pour savoir que le cœur se situait par là, même chez les championnes de paume bâties comme des armoires bretonnes. Le bel uniforme de cavalerie ne servirait à personne, jamais l'étonnante Mme de Maronval ne chevaucherait dans les plaines, sabre au clair, pour la gloire de son roi.
Il marcha sur quelque chose. C'était une balle qui avait dû manquer sa cible, rebondir sur le mur et tomber là. Il la fourra dans sa poche.
De retour dans la chambre, il se laissa tomber sur le lit défait. Sa belle énergie de conquérant s'était évanouie à la découverte du cadavre. Par la fenêtre, on apercevait la maison du président Mongeaud de Sartre. De même que Rose deux jours plus tôt, il lui sembla que quelqu'un l'observait derrière un rideau

qui bougeait. Il n'y prêta pas garde, il se passait dans cette maison-ci des drames plus inquiétants que l'indiscrétion du voisinage.
C'était la seconde victime qu'il rencontrait dans cette affaire. Il ne pouvait plus visiter une savonnerie ni se livrer à un cambriolage sans tomber sur un squelette en robe de mariée ou sur une joueuse de paume inanimée. Devait-il s'inquiéter pour sa propre santé ? Il était seul à risquer sa peau pour le service de la reine ! Sa collaboration avec la modiste était mal équilibrée. Il était censé fournir l'intelligence et la réflexion tandis que Rose utiliserait les ressources de son mauvais caractère pour batailler contre des assassins à coups d'aiguille et de ciseaux ! Comment les rôles avaient-ils pu s'inverser ?
Il referma soigneusement la porte du cabinet de toilette afin de laisser les choses dans l'état où il les avait trouvées. Il descendit l'escalier aussi discrètement que possible. Chaque petit craquement des marches le faisait transpirer.
Ses efforts furent bien inutiles. Seau, balai et serpillière avaient été abandonnés sur le carrelage. Aucun son ne troublait la paix funèbre de la demeure. Il ne risquait pas de devoir s'expliquer devant la femme de chambre : elle avait disparu.

Une horrible idée lui vint à l'esprit. Et si cette inconnue avait commis le crime ? Ne descendait-elle pas de l'étage quand il l'avait rencontrée ? Pourquoi y était-elle montée avec son matériel si ce n'était pas pour laver le cabinet de toilette ? Et si elle était montée pour faire le ménage, pourquoi n'avait-elle pas fait le lit ? Pourquoi la coiffeuse était-elle en désordre ? Et cette poudre blanche répandue sur le meuble… comme si on s'en était servi pour se blanchir les cheveux et la peau afin de se donner une apparence plus âgée…
Il se demanda tout à coup s'il n'avait pas laissé filer la meurtrière de Montaine. Et si c'était le cas, de quelle manière allait-il annoncer la bévue à l'impitoyable modiste sans que celle-ci cherche à lui arracher les yeux ou une autre partie précieuse de son anatomie ?
Il s'était mis dans le pétrin. Pour la première fois depuis le début de cette ronde d'atrocités, un long frisson d'appréhension parcourut son échine.

14
Au bonheur des mères

Léonard se résigna à révéler sa bévue à sa partenaire en enquêtes cousues main et en filatures en tout genre. Il se dirigeait vers le Grand Mogol quand il aperçut à l'autre bout de la rue une silhouette chargée de paquets et de cartons à chapeau qui ne lui était hélas pas inconnue.

La modiste le croisa sans paraître le remarquer, elle était perdue dans ses pensées et regardait droit devant elle. Il prit son courage à deux mains et la rattrapa pour lui expliquer les derniers retournements : celui du relais de poste où Suzelle avait soupé en compagnie de Montaine de Maronval, celui du bain fatal de Mme de Maronval, et, plus difficile à évoquer, celui de la femme de chambre qui s'était évanouie dans la nature comme si elle avait enfourché un balai pour s'envoler par la cheminée.

En deux mots, ils avaient un cadavre de plus sur les bras et la femme à la serpillière était suspecte. Léonard avait retrouvé les vêtements de Suzelle à défaut d'avoir mis la main sur l'espionne qui aurait dû être dedans. En prime, il détenait l'une des deux balles tirées sur la championne. À son avis, il importait d'avoir une nouvelle discussion avec le parfumeur au sujet de sa fiancée : Suzelle était indubitablement mêlée à tout ça. Léonard était passé chez lui mais n'avait pu le voir. On lui avait déclaré que M. Guermain passait l'après-midi aux bains de Chaillot pour se remettre de ses déconvenues.

Curieusement, l'explosion dévastatrice à laquelle il s'était attendu ne se produisit pas. La spécialiste en poufs et cotillons ne l'écoutait guère, elle semblait avoir un souci en tête.

– Très bien, très bien, vous avez bien fait, répondit-elle d'une voix absente.

– Un problème, ma chère collaboratrice ? ne put-il s'empêcher de demander. Vous avez bien entendu que j'ai peut-être côtoyé la meurtrière, n'est-ce pas ?

– Oui, oui. Auriez-vous son adresse ? J'ai un travail pour elle.

Une meurtrière, c'était justement ce dont Rose avait besoin avant que sa famille ne la rende définitivement folle. Si elle pouvait aller creuser un gros trou au bois de Boulogne pour y fourrer toute la parentèle d'Abbeville, ce serait parfait.

– Je pense qu'elle nous a échappé, dit Léonard.
Tandis qu'ils approchaient du Grand Mogol, Rose ralentissait le pas de plus en plus, elle finirait par marcher à reculons. Sa chère boutique n'était plus son refuge, son petit paradis. Elle se lança dans un flot de confidences, ce qui montra au coiffeur qu'elle avait franchi la frontière du délabrement mental. La treizième plaie biblique, celle que Moïse n'avait pas eu le cœur d'infliger aux Égyptiens, était tombée sur elle. Non l'invasion des sauterelles, des mouches ou des grenouilles mais l'irruption d'une famille bourrée de préjugés et de bonne volonté, contre laquelle elle était désarmée. Au fond Rose les aimait bien, mais elle n'était pas sûre d'avoir encore mesuré toute leur nuisance. Elle s'attendait désormais à voir les eaux de la Seine se changer en sang, le leur.
– Trouvez-leur un emploi dans un commerce de modes, suggéra Léonard, ils seront occupés ailleurs.
– Chez la concurrence ? Jamais !
– Alors prenez-les chez vous.
– Vous n'avez pas vu ce qu'ils ont fait de mon magasin !
Aujourd'hui, elle avait l'espoir d'être tranquille. Elle les avait envoyés à Longchamp, voir les

courses de chevaux que le comte d'Artois, frère de Louis XVI, donnait en l'honneur de Joseph II.
Elle entra néanmoins avec circonspection. L'ennemi pouvait jaillir à l'improviste. Léonard découvrit quant à lui les curieuses transformations qui avaient changé une boutique de modes à la pointe de l'élégance en un lieu à mi-chemin entre le commerce de fleurs pour cimetière et la sacristie décorée par des dames patronnesses ivres de vin de messe.

– Je vois que le velours revient au goût du jour, dit-il.

– Pas du tout ! répondit Rose. Cette saison, ce sont les fines étoffes comme le taffetas ! Ils me les ont reléguées sous le comptoir, il paraît que ça fait « fille facile » !

Au moment où elle se croyait en sûreté, une dame qu'elle avait prise de dos pour la bonne d'un curé se retourna, des rubans plein les mains.

– Ma chérie ! dit la mère de Rose. J'ai décidé de remplacer tous les galons colorés par des gris, ça fait tout de même meilleur genre pour les femmes mariées, n'est-ce pas ?

Elle avait laissé les autres aller à Longchamp tout seuls car elle se sentait un peu enchifrenée[10].
– Vas te coucher, dans ce cas, dit Rose. Vas-y tout de suite, je te prépare une tisane.
Mme Bertin n'écoutait pas, elle venait de repérer une créature du sexe masculin dans la proximité de sa fille. Léonard nota qu'elle parvenait à le regarder avec deux yeux d'expression différente, comme les hiboux : l'un semblait voir en lui un prétendant potentiel pour sa demoiselle, tandis que l'autre le considérait clairement comme un vil suborneur à écarter. Les deux donnaient au coiffeur l'impression d'être un petit mulot menacé par un oiseau de proie.
– Tu ne nous présentes pas, ma chérie ? demanda la maman hibou.
Rose fit les présentations les plus courtes et les plus résignées :
– Ma mère, le coiffeur d'à côté.
– « Artiste capillaire », corrigea Léonard.
– Ne faites pas attention, dit la mère en tendant sa main à celui dont elle n'avait pas encore décidé s'il était une chance ou un danger. Déjà, à Abbeville, elle rognonnait à tout propos. Hein, Minette ?
– Minette ? répéta Léonard.

---

[10] Enrhumée.

– C'était son petit nom, dit Mme Bertin avec un sourire maternel qui aurait été très bien vis-à-vis d'une gamine de dix ans. C'est mignon, n'est-ce pas ? C'est la contraction de « Marie-Jeannette ». Je ne comprends pas pourquoi elle a changé.
– En effet, dit Léonard. « Minette, fournisseuse de la reine », ça sonnait bien.
Mme Bertin fit signe à sa fille qu'elle désirait lui parler en privé.
– Ne me dis pas que c'est lui, ton amant secret ? demanda-t-elle assez fort pour que Léonard hausse les sourcils.
– Maman ! répondit Rose.
– C'est vous ? dit Mme Bertin en s'adressant directement à l'intéressé.
– Dites-lui oui, murmura Rose, ça me fera des vacances.
– Certainement pas ! s'exclama le coiffeur. Pour qui me prenez-vous ?
– Pour un pas grand-chose, mais ça ne fait rien, je n'en peux plus.
La mère de la fille à marier jaugeait le coiffeur comme si elle était au marché aux bestiaux.

– Ça rapporte bien, au moins, de tortiller des mèches pour les dames riches ?

– Veuillez m'excuser, dit Léonard en s'inclinant, je dois aller tortiller des mèches pour la reine. Très heureux d'avoir fait votre connaissance. Moi aussi, j'aime beaucoup ma mère.
Et même un peu plus depuis aujourd'hui, songeait-il en s'en allant.
Mme Bertin attendit que la porte de la boutique fût refermée pour prononcer le mot qui lui brûlait les lèvres.
– Tu as un coquin !
– Mais non, Maman !
Rose pouvait dire ce qu'elle voulait, sa conduite était hautement sujette à caution : elle sortait constamment, rentrait à pas d'heure, courait jour et nuit à on ne savait quels rendez-vous étranges… Aucune demoiselle comme il faut ne vivait ainsi, même dans le milieu interlope de la fanfreluche.
Cette conversation était d'autant plus pénible pour Rose que la fratrie de retour de Longchamp venait d'envahir la boutique pour y reprendre ses ravages, les uns triant le contenu des tiroirs, les autres abordant les clientes pour leur vanter les ornements funèbres. Elle se résolut à abandonner une part de vérité à son interrogatrice. La fidélité due à la reine avait une limite incarnée par une mère aimante et tyrannique. Elle l'attira à l'écart.

– Maman… Si tu veux tout savoir… Je suis au service secret de la reine !
Mme Bertin haussa les épaules.
– Service secret ! Amours secrètes, oui ! Je n'ai pas l'impression que ton perruquier ait l'intention de t'épouser, ma pauvre. Tu commets une grave erreur : il te faut un homme sur qui t'appuyer.
– Je tiens très bien debout toute seule, Maman.
– Billevesées ! Seuls les hommes peuvent nous aider. – Anatole ! lança-t-elle à son fils. Lâche ces bonnets et va trier les chemises de nuit que j'ai mises dans le panier ! – Les hommes sont faits pour nous commander, notre rôle est d'obéir. – Mathurin ! Tu plies tout de travers, va plutôt aider ta sœur à faire de jolis nœuds en ruban ! – Les hommes savent mieux que nous. – Bohémond ! Tu veux que je t'apprenne à jouer avec les poupées de démonstration ?
– Oui, Maman, dit Rose avec un soupir.
– Bon. Alors, ton Léonard, il gagne combien, bon an mal an ?
Rose eut subitement la conviction que quelqu'un devait courir informer le parfumeur Guermain de leurs dernières découvertes, et que ce quelqu'un devait absolument être elle.

– Je n'ai pas le temps, Maman, je dois aller dans une maison de bains.
Elle regretta immédiatement ces mots.
– Dans une maison de quoi ? répéta la digne dame d'Abbeville.
Il était trop tard pour avoir une réponse, sa fille et ses derniers espoirs de respectabilité filaient comme le vent dans la rue Saint-Honoré.

15
L'eunuque, le hammam et les éléphants

Selon ce qu'avait dit Léonard, M. Guermain s'offrait un après-midi aux bains de Chaillot avec l'espoir que l'eau chaude lui remettrait les idées en place. Une maison de bains n'était certes pas l'endroit le plus approprié pour une jeune femme, étant donné qu'on n'y croisait que des messieurs plus ou moins nus. Ceux de Chaillot étaient ce qu'il y avait de mieux dans le genre. La conséquence était qu'on n'y entrait pas sans se présenter au concierge, qui vous guettait depuis une guérite en forme de kiosque turc.

Rose s'était beaucoup avancée en déclarant à sa mère qu'elle allait être admise à l'intérieur de cet établissement. Son besoin d'évasion la poussait à des gestes audacieux.

La question qui se posait à elle était : comment entrer dans un lieu interdit aux femmes quand on est Rose Bertin ? Pour une fois, sa notoriété n'était pas un avantage mais un obstacle. En aucun cas elle ne devait faire courir le bruit qu'on avait vu la modiste de la reine dans un endroit peuplé d'hommes déshabillés, où les employés eux-mêmes étaient tous du sexe masculin. Elle n'avait pas le temps ni les moyens d'acheter le bâtiment comme l'avait fait Montaine de Maronval pour jouer à la paume. Son visage était connu et son nom plus encore.

Pourquoi s'était-elle jetée tête baissée dans cette mission impossible ? Pourquoi n'avait-elle pas laissé Léonard s'en charger ? Pourquoi tant d'urgence ? Tant de risques ? Tant de précipitation ?

Elle revit en pensée l'expression de sa mère coiffée d'un bonnet de lin et sut qu'elle avait fait le bon choix, elle avait bien agi, avec calme et circonspection. Plutôt risquer l'opprobre et le déshonneur et que de supporter une minute de plus la réprimande maternelle. Cette enquête était une bénédiction envoyée par le Ciel, il n'y avait pas de forteresse assez haute ni de fossé assez profond pour concourir avec les tourments que sa chère mère pouvait lui infliger en trente secondes sans même en avoir conscience.

Voyons… Qu'avait-elle à sa disposition pour surmonter les préjugés masculins ? Elle s'était arrêtée entre l'échoppe d'un cordonnier et un marchand de tissus imprimés dans le goût créole. Cela lui donna une idée, une idée de modiste.

*

À l'abri d'un paravent ajouré, Philidor Guermain marinait dans une baignoire d'eau tiède, dans une salle pleine de messieurs gros et gras qui se faisaient masser sur des tables ou sommeillaient sur des sièges de repos. Lui-même se sentait glisser doucement dans une paisible félicité quand une voix le ramena à la réalité.

– Vous sentez l'alcool. Vous vous enivrez au genièvre ?

Il ouvrit un œil et vit un homme à la face noiraude surmontée d'un turban, vêtu d'une sorte de longue tunique orientale et chaussé de babouches.

– Bravo, mon ami, répondit-il en montrant le flacon d'eau-de-vie orné d'une fleur. Tu aurais pu faire carrière dans la parfumerie. Je l'ai fabriquée moi-même à partir de plantes aromatiques et d'alcool de fruits.

Il buvait son fonds de commerce ! L'homme au turban était choqué.

– Je ne souhaite pas me faire masser, conclut Guermain en relâchant la paupière comme on ferme un volet.

– Oh hé ! Ne vous rendormez pas ! J'ai des informations à vous transmettre.

La paupière se rouvrit sur un œil morne.

– Je suis la modiste du Grand Mogol, lui souffla-t-il à l'oreille.

L'autre œil s'ouvrit à son tour, il en fallait bien deux pour établir si l'on avait affaire à un masseur fou ou à une modiste encore plus folle. Elle s'était passé le visage et les mains au cirage et s'était confectionné un turban à la turque digne d'un sultan. Dans cette tunique qui enveloppait ses formes, elle avait tout de l'eunuque d'un sérail. Guermain repoussa le flacon de genièvre avec une grimace.

– Pauvre de moi ! Voilà que la boisson me donne des cauchemars !

– Ne soyez pas grossier, dit la modiste déguisée en eunuque en tirant à lui un tabouret pour y poser les fesses. J'ai bien du mérite, je vous assure.

– Avez-vous retrouvé Suzelle ? demanda le parfumeur.

– Non, pas encore.

Il poussa un profond soupir au genièvre. Le drame advenu dans sa folie de Passy l'avait durement touché. Non seulement on ne lui avait pas ramené sa fiancée, mais l'épouse de son gardien avait été dissoute dans son atelier de savonnerie, et la

coûteuse robe de mariée avait servi de suaire à un squelette !
– Quelque chose sent le pourri dans mon royaume, dit-il en s'offrant une nouvelle rasade de décoction d'herbes.
Rose lui confisqua le flacon et le cacha sous le tabouret. Au reste, Philidor Guermain n'était pas soûl au point d'oublier ses problèmes.
– Dites donc, il y a votre mari, là, qui ne me paye pas les pommades et les poudres que je lui livre.
– Ce n'est pas mon mari !
– Ah, pardon, comme on vous voit toujours ensemble, j'ai cru que… C'est mieux d'être mariés quand on se fréquente assidûment.
– Ça dépend de qui on parle.

– En tout cas, c'est un roué ! Au lieu de me régler mes pommades, il m'envoie son commis pour s'en faire envoyer d'autres !
– Et vous voudriez que j'épouse un ladre pareil ? se scandalisa Rose.
Elle avait des renseignements à lui communiquer sur les rebondissements récents.
– Et quels sont-ils, ces rebondissements ? demanda Guermain en farfouillant sous le tabouret à la recherche d'un flacon que la modiste écarta du pied.

À sa connaissance, il était possible que la fiancée en fuite ait tué son amie Montaine de Maronval sous un déguisement de femme de chambre.
Le parfumeur la contempla de ses deux yeux ronds.
– J'aurais dû apporter davantage de liqueur.
Rose avait mieux écouté le récit de Léonard que ce dernier ne l'avait cru, elle en fit au parfumeur un résumé succinct mais précis. Il y avait d'abord eu le souper au relais de poste, suivi d'une fausse fuite vers les duchés allemands. Suzelle était probablement descendue au premier arrêt pour rentrer à Paris, où elle s'était cachée au domicile de la joueuse de paume. Le coiffeur s'était rendu chez celle-ci, il y avait vu des verres et des bouteilles, une femme de chambre qui était apparue et avait disparu comme un diable à ressort dans une boîte à malice, une balle de pistolet, une partie de la garde-robe de Suzelle, un mouchoir parfumé au santal, et le cadavre de Montaine de Maronval dans la baignoire.
– Mon Dieu ! dit Guermain. Voulez-vous dire qu'une femme a passé la nuit avec cette Maronval et l'a tuée au matin ?
– Oui, la vôtre.
Il parut soudain totalement dessoûlé. Il jeta un coup d'œil alentour et lui fit signe de baisser la voix.

– Parlez moins fort ! Ce n'est pas de la réclame pour une parfumerie !
– Vous, parlez moins fort ! rétorqua Rose.
Guermain voulut savoir de quelle façon était morte Montaine. Elle répondit qu'on lui avait tiré dessus pendant son bain.
– Dans ce cas, c'est sûrement le crime d'un homme. Cela ressemble au crime d'un homme. Ce doit être un homme qui a commis ce crime…
– C'est peut-être vous, alors, dit Rose.
– Ni moi ni Suzelle ! Jamais elle n'assassinerait quiconque, elle n'aime que s'amuser.
– Savez-vous qu'elle se livre à l'espionnage pour le compte d'un réseau parallèle aux ramifications obscures ? demanda la modiste.
À voir la mine du parfumeur, elle devina que non.
– Dans ce cas vous ne savez rien d'elle et tout est possible.
Pendant qu'ils discutaient à voix basse, des hommes semblables à des pachydermes entraient et sortaient avec lenteurs, s'étendaient sur les tables et se faisaient tripoter la graisse.
Elle se pencha pour lui dire à l'oreille que Suzelle tirait ses véritables revenus de missions accomplies pour le compte d'une obédience occulte qui avait

son siège à la Cour. Elle était allée jusqu'à dérober au comte de Broglie une clé de déchiffrement.
– Une clé de déchiffrement ? répéta Guermain. C'est un peu comme la formule du mélange d'Ispahan pour concocter des crèmes pour la peau onctueuses et blanchissantes ?
Peut-être ce vol lui avait-il attiré des ennuis qui la forçaient à se cacher. On aurait fui pour moins que cela. Suzelle avait d'abord prévu d'aller négocier son butin à l'étranger. Soit elle n'était pas allée jusqu'à destination, soit elle en était revenue précipitamment. En tout cas, elle était menacée. Montaine de Maronval en avait payé le prix à sa place.
– Par Sainte Grasse et Saint Musc ! s'écria le parfumeur. Croyez-vous que je sois menacé aussi ?
– Je ne sais pas, répondit Rose, un peu agacée. Suzelle possède-t-elle une arme ?
– Je lui ai offert un pistolet pour dame à crosse de nacre l'an dernier, au cas où un client aurait tenté de nous voler la caisse.
– Un pistolet qui tire ce genre de projectile ? On l'a ramassé dans la salle de bain où gisait Mme de Maronval.
Elle lui mit sous le nez la balle trouvée par Léonard. Philidor Guermain considéra l'objet avec effroi.

– Jetez-la ! Ne dites rien à la police !
– Vu que le décès de Mme de Maronval est tout sauf un suicide, je ne vais certainement pas couvrir un meurtrier.
Le parfumeur adopta un air rusé.
– Même pour cent écus sonnants ?
– Il n'y a pas que cette balle, c'est tout un déménagement qu'il faudrait prévoir, mon bon monsieur.
L'armoire de Montaine était remplie des vêtements de Suzelle. Elle était bien placée pour savoir que ces habits étaient parfaitement indentifiables, elle lui avait vendu certains d'entre eux. Il ne faudrait pas longtemps aux policiers pour les attribuer à Rose Bertin, la reine des modistes, le Mont-Blanc des élégances, celle dont on s'arrachait les créations de Londres à Moscou. On ne tarderait pas à venir au Grand Mogol lui demander qui les avait achetés, or la boutique conservait un registre des clientes pour les livraisons à domicile. Il était cuit et Suzelle ne valait pas mieux. Elle était mouillée jusqu'au cou dans le crime de la baignoire.
Le parfumeur tout nu s'affaissa sur son gros ventre comme une baudruche qui se dégonfle. Il semblait si accablé qu'elle eut pitié de lui. Elle lui rendit sa flasque de genièvre.

– À quoi Suzelle se parfume-t-elle ?
– À moi, bien sûr ! Elle porte le parfum emblématique de ma collection, le Royal Guermain. Elle a toujours désiré ce qu'il y avait de mieux. C'est un effluve complexe dont je tiens la recette plus secrète que votre code de Broglie.
– C'est au santal, c'est ça ? dit Rose.
Philidor Guermain n'aurait pas été plus scandalisé si on avait injurié ses grands-parents.
– Le santal entre dans sa composition, si l'on veut, répondit-il avec dédain. Il peut paraître dominer aux narines des néophytes, mais j'ajoute bien d'autres ingrédients qui soutiennent et adoucissent l'effet général pour obtenir un arôme boisé avec une touche printanière qui sublime le…
– Oui, oui, vous êtes un grand artiste, le coupa la modiste, qui avait le même genre de bonhomme dans les pattes un jour sur deux. Soit Suzelle a dormi chez Montaine, soit l'assassin porte le même parfum qu'elle, ce qui réduit beaucoup le nombre des suspects, étant donné vos prix. Ou alors une personne malintentionnée en a arrosé la pièce pour faire porter les soupçons sur votre fiancée. Si c'est le cas, je dois dire que ça a marché. Je connais un coiffeur qui croit votre Suzelle plus coupable qu'un péché capital.

– Sauvez-la, je vous en supplie ! Un scandale me ruinerait ! Sauvez-moi !
Le but de Rose n'était pas de protéger la parfumerie française en péril mais de remettre la main sur le code de Broglie, ce code dont cette idiote avait cru malin de s'emparer avant de se lancer dans une spirale meurtrière.
Le parfumeur se lamentait, son flacon à la main. Des morts ! Des agents secrets ! Un complot international ! Ses chances d'échapper au scandale fondaient à vue d'œil. Peut-être pouvait-on encore sauver la tête de sa chère Suzelle, empoissée d'une mélasse mortifère.
Rose réfléchit. Montaine tuée par les balles de Suzelle, dans la proximité des vêtements de Suzelle, dans une atmosphère saturée du parfum de Suzelle… Cette accumulation commençait à ressembler à une habile mise en scène. La modiste n'en aurait pas fait davantage si elle avait dû créer un pouf « à l'assassinat » : elle aurait fixé sur un bonnet un pistolet, un ruban couleur sang et le portrait en médaillon de l'assassin. La fugitive aurait-elle été aussi bête pour semer derrière elle tous ces indices contre elle ?
– En tout cas, dit le parfumeur, j'offre cent écus à qui démontrera son innocence.

Rose eut une idée.
– En vendez-vous beaucoup, de votre Royal Guermain, en ce moment ?
– Pas tant que ça, il coûte très cher à fabriquer à cause des… des ingrédients secrets. Je comptais justement sur mon alliance avec vous pour intéresser la reine : un mot d'elle et on ne sentira plus que cela dans Paris !
Rose avait besoin de consulter le cahier où le commerçant inscrivait les comptes des clients. Guermain lui conseilla d'aller voir de sa part son nouveau commis, Gabin Valancour. C'était un jeune homme intelligent et dévoué, il se plierait en quatre pour l'aider.
Rose voulut aussi savoir si Guermain n'avait pas en tête un autre suspect éventuel. Par exemple, chaque fois qu'on allait enquêter chez Montaine de Maronval, on était espionné par le voisin d'en face, le président au Parlement de Paris Mongeaud de Sartre. Léonard avait aussi remarqué qu'on le guettait.
Guermain connaissait ce nom. Il y avait eu un scandale, l'année passée, auquel ce président avait été mêlé directement. Rose n'avait qu'à demander à Valancour : il connaissait la défunte épouse de cet homme, ils en avaient discuté ensemble quand le

parfumeur avait décidé de réclamer au veuf la note que sa défunte avait laissée chez eux. On hésite toujours à déranger les puissants, ce devait être la raison pour laquelle ceux-ci se pressaient peu de régler leurs factures.
Rose prit congé et traversa la salle au milieu des éléphants occupés à faire des bulles dans leurs baignoires. Cette affaire sentait dorénavant l'huile nettoyante et la sueur un peu rance.

16
Fiançailles express

Lorsque Rose rentra chez elle, sa mère était en train de remplir une affichette à épingler devant l'église de la paroisse : c'était une annonce pour chercher un prétendant à sa fille.

– Maman ! s'écria celle-ci à la lecture du papier.

– Crois-moi, si tu veux des enfants et une vie de famille, il faut t'y mettre sans tarder. Tu me remercieras un jour.

Rose éprouvait à cet instant un sentiment fort éloigné de la gratitude.

– Maman… Je ne peux pas me marier !

– Et pourquoi ça, Mademoiselle ?

– Parce que… Parce que je suis déjà fiancée !

– Tiens donc ? Et avec qui, je te prie ?

Le coiffeur d'à côté passait justement devant la boutique.

– Avec M. Autier, notre voisin ! C'est une chose convenue de longue date. Nous nous sommes promis l'un à l'autre. Nous… – le mot eu du mal à se frayer un chemin jusqu'à ses lèvres, elles refusaient de le prononcer, elle était prise d'une soudaine paralysie. Nous nous aimons ! Voilà ! C'est dit ! Tant pis pour moi !

Elle eut envie de se laver la bouche avec une lotion désinfectante de chez Philidor Guermain.

Mme Bertin était encore dubitative quand le coiffeur entra au Grand Mogol avec l'intention de discuter des suites de leur enquête sur les squelettes savonnés et sur les cadavres aux sels de bain. Rose courut à sa rencontre et l'entoura de ses deux bras comme une petite fille qui retrouve son ours en peluche.

– Ah, Pouqui-pouqui, te voilà ! J'ai tout dit à Maman !

– Tout ? répéta Léonard. Même pour le squelette ?

– Elle est ravie ! Il ne reste qu'à choisir la date des noces. – Dites comme moi, lui glissa-t-elle à l'oreille en faisant mine de l'embrasser sur la joue.

– Tu m'en vois enchanté, ma grosse poupoule, répondit le coiffeur en la repoussant un peu de peur qu'elle ne le morde.

Mme Bertin dut se rendre à l'évidence. Leur complicité crevait les yeux.

– Eh bien, dans ce cas, embrassons-nous, mon gendre, dit-elle lui tendant une joue sèche et couverte de far.

Une fois que les embrassades eurent scellé le pacte marital, Léonard posa la grande question.
– Et pour la dot, vous prévoyez quoi, belle-maman ?
Belle-maman se raidit, on venait de lui planter une paire de ciseaux de coiffeur entre les omoplates.
– Ma fille est pourvue de tout le nécessaire et même davantage ! Elle apportera dans le mariage un grand fonds d'honnêteté, d'inépuisables ressources de travail et un courage qui vaut de l'or. Bien des jeunes mariés n'en ont pas tant.
– Jeune, jeune… Elle a passé trente ans, il me semble.
– J'en ai vingt-neuf, dit Rose.
– Elle a coiffé Sainte Catherine[11] ! Je pense que vous devez faire un effort, belle-maman, c'est presque une seconde main que je vous prends-là.
Rose s'attendit à voir sa mère étrangler le prétentieux. Au contraire, Mme Bertin parut juger ces arguments recevables, elle engagea des négociations.
– Un lot de soieries lyonnaises, des plumes précieuses et une participation au chiffre d'affaire.

---

[11] Les jeunes filles coiffaient Sainte Catherine quand elles atteignaient vingt-cinq ans sans s'être mariées.

– Je réfléchis. Votre fille n'est plus de la première fraîcheur.
– Mais les soieries sont toutes neuves.
Léonard se décida juste à temps pour échapper à une bastonnade que la modiste se retenait difficilement de lui infliger.
– Topez-là, belle-maman ! Cochon qui s'en dédit !
Au reste, Mme Bertin avait une idée derrière la tête.
– Maintenant que nous sommes proches parents, j'aimerais que vous fassiez un geste envers votre nouvelle famille, cela resserrera des liens d'amitié que je sens déjà très forts entre nous.
Il s'agissait de prendre comme apprentis un ou deux de ses fils pour les former à la frisure et au ciseau. Elle avait l'impression qu'il y avait de l'argent à glaner dans ce domaine.
– Je vous avouerai que j'avais des préjugés sur le métier de coiffeur.
– Ah, oui ? fit Léonard, que son art avait tout de même propulsé jusque dans le boudoir de la reine.
– Mais depuis que je vous connais, je comprends que l'on peut gagner sa vie correctement en tripotant les cheveux des gens. Auriez-vous l'amabilité d'enseigner les rudiments à mes garçons ? Cela ne doit pas être bien sorcier !

Léonard nota qu'on était passé de « un ou deux fils » à « mes garçons ». Une petite inquiétude naquit dans son esprit.
– Combien sont-ils, exactement ?
Un peu plus tard, les quatre fils Bertin et le cousin Géraud lavaient des peignes et passaient le balai dans le salon de coiffure de Léonard. En fin de compte, on manquait toujours d'assistants corvéables à merci pour servir des collations aux clientes et vider les corbeilles. Rose et Léonard discutaient à l'écart.
– Si vous m'appelez encore une fois « ma grosse poupoule », je vous arrache un œil avec mon fer à lisser les rubans, dit Rose.
– Ne vous plaignez pas, vous venez de vous acheter une promesse de mariage pour pas cher. Vous pourriez en chercher longtemps, de beaux partis comme moi qui se contentent de petits cadeaux en guise de dot !
– Je compte sur vous pour jouer les fiancés postiches. Après tout, ça vous connaît, le postiche !
Léonard lui fit remarquer qu'il avait gentiment pris les frères Bertin sous son aile. Y compris le petit fiancé que sa mère avait prévu pour elle.

– Ainsi votre mari aura un bon métier, et chaque fois qu'il vous reviendra tout couvert de poudre vous penserez à moi !
– J'aimerais mieux épouser un Savoyard[12] !
Comme toujours, c'était aux frères cadets de Léonard, Pierre et François, que revenait l'intendance. Ils expliquèrent aux nouveaux venus la préparation des perruques, qui commençait par la désinfection du matériel. On utilisait des bourres composées de fibres solides qui permettraient à la coiffure de rester en place même par grand vent. Aussi les hommes portaient-ils sur la tête une sorte de casque en crin de cheval. Or ce crin était souvent infesté de parasites venus de l'animal. Il fallait le nettoyer à fond pour éliminer la vermine. Les deux hommes placèrent les apprentis devant des bassines où ceux-ci durent malaxer la matière première. Des bestioles noyées flottaient à la surface de l'eau.
Le procédé de fabrication, qui pouvait durer des semaines, variait selon le sexe, la fonction et le statut social de la personne. Les perruques pour femmes étaient constituées d'un empilement de boucles rehaussé d'accessoires divers : bijoux,

---

12 À Paris, les ramoneurs de cheminées venaient de la Savoie.

fleurs artificielles ou plumes. La perruque masculine était plus modeste. Elle devait suivre à peu près la forme du crâne et ne compter que quelques rouleaux de cheveux qui s'achevaient sur la nuque en une queue de cheval nouée à l'aide d'un ruban noir.
Une fois prête, qu'elle soit pour homme ou pour femme, la coiffure devait être généreusement talquée afin d'obtenir une nuance proche du blanc. Pierre et François initièrent leurs élèves à l'art de bien poudrer : le visage du client était protégé par un cornet en papier, ses beaux vêtements sous une blouse, et l'habileté consistait à manier la poire autour de lui sans créer des nuages de farine qui auraient répandu du blanc partout.
Les apprentis avaient du mal. Une tempête de blizzard s'éleva dans le salon. Rose et Léonard battirent en retraite, ils laissèrent ce petit monde papillonner entre les fauteuils et les bassines et s'en furent enquêter avant de se changer en bonshommes de neige.
À peine furent-ils partis que Mme Bertin entra discuter des préparatifs de la noce. Les frères Autier savaient-ils quelle salle avait été retenue ? Comment se nommait le curé de la paroisse ? Le promis était certainement assidu à la messe !

Combien coûtait un repas de mariage, dans la capitale ? Chez lequel des deux époux les mariés s'établiraient-ils ? Combien d'invités devait-on envisager côté Autier ? Côté Bertin, ils ne seraient pas nombreux, « juste » une centaine de cousins à faire venir de Picardie, il allait falloir louer des voitures.

Les frères Autier échangeaient des regards étonnés.

– Je pense que nous devrons inscrire sa femme en tête de liste, suggéra François.

L'organisatrice du mariage ne comprit pas tout de suite.

– Sa femme ?

– Oui. Elle habite Pamiers.

– Qu'est-ce que c'est que ça, Pamiers ?

– C'est là d'où nous venons, chère Madame.

– Pamiers est la capitale du cassoulet ariégeois, expliqua Pierre. Nous y sommes nés et Léonard s'y est marié quand il s'appelait encore Alexis. Sa femme et lui n'ont pas cohabité longtemps, cela dit : il est surtout marié à la coiffure.

Mme Bertin blêmit. Marié ! Horreur ! Elle avait eu raison de se méfier de l'intrigant ! La première mauvaise impression était toujours la bonne ! Et il venait de lui soutirer un stock de soieries presque neuves pour accepter la main de sa fille !

Elle chercha autour d'elle un instrument aux dimensions adéquates pour exprimer à ce goujat le fond de sa pensée la prochaine fois qu'elle le verrait. Elle avait livré toute sa vie les boutiques d'Abbeville, elle avait la poigne assez ferme pour lui faire sentir l'étendue de son désagrément.

17
Archéologie d'un meurtre

Rose et Léonard retournèrent à la boutique de Philidor Guermain, « roi des parfumeurs », comme disait la réclame affichée sur la fenêtre. En l'absence du maître, son commis tenait le commerce, ainsi que cela leur avait été annoncé. Gabin Valancour ne les reconnut pas, bien qu'il les ait vus quelques jours plus tôt, à leur première visite. Comme ils avaient l'air d'un couple fortuné, elle fort bien vêtue, lui bouclé à la dernière mode, il leur vanta d'emblée ses produits onéreux.

– Ces messieurs-dames voudront-ils sentir notre meilleur succès de la saison ? Il s'agit d'un mélange d'épices rares sur une base d'écorces tropicales, il se prête à toutes les circonstances de la vie et marque de son empreinte sans jamais lasser. La reine d'Angleterre ne porte que lui.

Cela sentait le bois de santal, modifié par la fameuse recette secrète conçue dans un atelier où l'on dissolvait des femmes dans des cuves. Léonard avait respiré ce même effluve dans la chambre de

Montaine de Maronval et sur le mouchoir aux initiales G. V.

– Royal Guermain ? supposa-t-il.

– Monsieur est connaisseur ! s'exclama le vendeur. C'est pour un renouvellement, peut-être ?

– Non, c'est pour une enquête.

Ils venaient de la part de son patron, qui était trop occupé à mariner dans un bain d'eau savonneuse pour les recevoir lui-même.

– M. Guermain est fort affligé par cette affaire, admit le jeune homme.

Certes, les dernières péripéties l'avaient jeté dans des orgies de liqueurs de plantes. À l'heure qu'il était, le créateur du Royal Guermain devait avoir le cerveau qui trempait dans l'alcool et les pieds dans l'eau tiède.

Rose voulait consulter le carnet de commandes pour voir qui s'était offert ce parfum récemment.

Le parfumeur ne conservait que les adresses des clients réguliers, dont la liste ne leur apprit rien. On ne pouvait décemment soupçonner la duchesse de Noailles ou la marquise de Breteuil de trucider les joueuses de paume dans leur baignoire. Si Rose avait lu le nom d'un ambassadeur du Saint-Empire ou d'un duc *von* quelque chose, ses conclusions auraient été différentes, mais apparemment la réputation de Maître Philidor n'avait pas encore franchi le Rhin.

Gabin Valancour leur offrit la dernière création maison : de petites violettes en tissu qui embaumaient, à piquer au revers de son habit ou sur son corsage.

– C'est délicieux, dit Rose.

– Dites-le à la reine, suggéra Valancour avec le sourire d'un renard qui lorgne sur une poule couronnée.

Bien que l'heure fût venue de fermer boutique, ils insistèrent pour prolonger l'entretien. La parfumerie semblait être au cœur du mystère, et Guermain, entre deux rasades dans son établissement de bains, avait affirmé que le jeune homme aurait des choses à leur dire.

– Alors dites-les nous ! lui ordonna Rose.

– Je ne vois pas bien de quoi il s'agit, mais nous pouvons toujours discuter.

Plus ils couraient après le code de Broglie, plus les cadavres s'accumulaient sur leur chemin. Il était urgent d'en apprendre davantage sur Suzelle et sur tout suspect qu'on pourrait leur jeter en pâture.

– Mais ne restons pas ici, dit Valancour en donnant deux tours de clés dans la serrure. Aimez-vous la bavaroise ?

C'est certainement une nouvelle préparation odorante ! se dit Léonard.
Le premier commis les emmena au café voisin.
Ces lieux étaient devenus les principaux centres d'information, de discussion, voire de débat. Aussi s'étaient-ils multipliés au point que Paris n'en comptait pas moins de sept cents en cette année 1777. Leurs affaires marchaient si bien que le Café Militaire de la rue Saint-Honoré s'était offert une décoration signée du célèbre architecte Ledoux. Les boiseries [13] imitaient les trophées des grandes batailles remportées par la France : tous les murs arboraient des étendards, des glaives et des boucliers factices. Les clients avaient l'interdiction de fumer tandis qu'ils consommaient leur café ou leurs boissons glacées.
– Garçon ! dit Valancour. Trois bavaroises !
On leur apporta des infusions de thé additionnées de sirop, de jaune d'œuf, de lait et de liqueur, ce qui en faisait des sortes de sabayons allemands très nourrissants.
Rose et Léonard étaient entourés de messieurs de tous les âges, principalement des étrangers, des gens

---

[13] Visibles aujourd'hui au musée Carnavalet.

de lettres, des officiers retraités et des nouvellistes[14] à l'affût des potins, ce que les méchantes langues appelaient « un ramassis d'oisifs et de beaux parleurs venus tromper leur ennui en jouant aux dominos, aux échecs et aux dames, ou lire les gazettes mises à leur disposition ».

– Certains font la cour à la propriétaire, dit Valancour, surtout quand ils n'ont pas de quoi payer leur ardoise.

– Avez-vous une ardoise ? demanda Rose.

– Peu importe puisque c'est vous qui m'invitez, répondit le jeune homme.

Ils plongèrent leurs cuillers dans le mélange alcoolisé, riche et odorant. Le commis tira de sa poche un joli mouchoir avec lequel il tenta d'effacer une tache. Les regards de Rose et de Léonard se rencontrèrent. Ce morceau d'étoffe ne leur était pas inconnu.

– Votre patron m'a dit que vous aviez rencontré Mme Mongeaud de Sartre… dit la modiste.

– Il parle trop, répondit le jeune homme. C'était après avoir vidé son bidon de genièvre, je suppose ?

---

[14] Journalistes.

– Vous lui avez dit connaître cette dame lorsqu'il a voulu envoyer quelqu'un chez le veuf réclamer le paiement de sa note.
– En effet, j'ai soupé avec la feue Mme Mongeaud de Sartre chez Montaine de Maronval.
Ils s'étonnèrent.
– Vous connaissiez Montaine de Maronval ?
– Tous les hommes qui prennent un peu soin de leur corps la connaissaient. Son jeu de paume est très réputé, vous savez.
Léonard se demanda s'il faisait partie des clients qui se faisaient apporter des serviettes par de gracieuses jeunes femmes pas bégueules.
– D'ailleurs Suzelle la connaissait aussi, reprit Valancour.
Il les avait vues toutes les deux à ce souper. Peu de temps après, l'épouse du président Mongeaud avait connu une fin tragique.
Encore un décès suspect ! pensa Léonard.
– S'est-elle suicidée en se noyant tout habillée dans un bac de chaux vive ? Ou avec un pistolet de petit calibre pendant son bain ?
– Pas du tout. Elle a sauté par la fenêtre de sa chambre. Elle est morte sur le coup.
C'était une Allemande du Palatinat qui allait chaque année voir sa famille dans son pays. À Paris, elle

était invitée à toutes les soirées données par les représentants des nombreuses petites principautés germaniques. Autant dire qu'elle hantait les ambassades.

– Savez-vous que l'on compte treize branches différentes rien que dans la famille de Saxe ? Il y a aussi une poignée de ducs Hohenzollern répartis dans différents châteaux, de Weimar à Sigmaringen.

Rose et Léonard échangèrent un regard entendu. L'affaire se précisait. Ces dames avaient tout d'un réseau d'espionnes qui négociaient les secrets de leurs maris et de leurs amants auprès de qui en voulait. Tout cela sous l'égide de Montaine, une femme dont le pragmatisme touchait au cynisme. Léonard n'avait pas oublié sa devise : « Prenez aux hommes ce qui est utile et jetez le reste ! »

– Est-on bien sûr qu'il s'agit d'un suicide ? demanda Rose.

– C'est ce qu'a affirmé Montaine, en tout cas.

– Qu'a-t-elle à voir là-dedans ?

– Oh, elle a beaucoup à y voir, Mme Mongeaud lui est quasiment tombée dessus. C'est Montaine qui a crié au secours. D'ailleurs le président lui a fait un don peu après pour la remercier et la dédommager. Bien sûr, des rumeurs ont couru…

– Des rumeurs ? demanda Léonard.

– Les personnes les moins malveillantes ont supposé que le président la payait pour l'empêcher de révéler le suicide. Comme vous le savez, les suicidés n'ont pas droit à l'inhumation en terre consacrée, les prêtres refusent de dire une messe en leur mémoire, on les enterre à la va-vite dans des terrains vagues. Il était important d'étouffer ce bruit-là.
– Et qu'ont dit les personnes les plus malveillantes ?
Gabin Valancour leur fit signe de se rapprocher et baissa la voix.
– Ils se sont demandé si Montaine de Maronval n'avait pas vu quelque chose de gênant pour le président. Étant donné qu'elle habite juste en face. Et qu'elle était sur place.
– Qu'aurait-elle pu voir de gênant pour lui ?
– Je ne sais pas… dit Valancour d'un air mystérieux. Si ce n'était ni un suicide, ni un accident, cela voudrait dire que quelqu'un aurait poussé cette malheureuse dans le vide… Or leurs fenêtres se font face…
– Et cette Vincelette, la domestique disparue, qui était-ce ? Une petite servante de rien ?
– Oh, pas du tout ! s'exclama Gabin. C'était une belle femme ! Intelligente ! Brillante, même ! Fine, intuitive, à l'aise avec tout le monde… Elle avait été

actrice, elle jouait des vaudevilles dans la troupe de Nicolet sur le boulevard du Temple. Elle s'est lassée de cette vie de bohème et s'est résignée à se mettre au service d'un couple fortuné. Hélas, cela s'est mal terminé pour tous les trois.
– Cette Vincelette n'avait donc pas de chance, dit Léonard.
Surtout si l'on considérait qu'elle s'était recasée comme épouse du gardien Onésime Despoisses et qu'elle avait fini en squelette dans une robe de mariée, probablement le pire cauchemar d'une jeune femme. Le lieutenant Moulimeuf était venu à Passy à la recherche d'une Vincelette qui ressemblait fort à Perline Despoisses. Le lendemain, Perline trouvait la mort dans ces terribles circonstances. Quel rôle avait joué le suicide de sa patronne, Mme Mongeaud de Sartre ?
Léonard montra à Valancour le mouchoir qu'il avait trouvé chez Montaine, le matin du bain fatal.
– Je remarque que vous portez vous aussi Royal Guermain. Ne sont-ce pas vos initiales, sur ce mouchoir ?
Le jeune homme respira le tissu.
– Mes initiales et celles de n'importe qui d'autre. Mais, pour le parfum, sûrement pas. Le santal, ça

vous parfume pour pas cher. Ça ne trompe que les gens vulgaires.
Rose n'était pas d'accord.
– J'ai vu votre mouchoir, tout à l'heure, quand vous vous en êtes servi pour essuyer une tache de bavaroise. C'est de la batiste italienne brodée à Venise, au carmel de Santa Chiara. Celui-ci est parfaitement identique.
L'homme aux initiales G. V. fit la grimace.
– Bon. J'avoue qu'il est à moi. Je peux l'avoir ?
– Ça dépend. Que faisait votre mouchoir chez la victime d'un meurtre ? dit Léonard. Ne nous dites pas que Montaine collectionnait des souvenirs de ses amants, nous ne vous croirons pas.
– J'ai pu l'oublier chez elle n'importe quand. Je les perds partout.
– Évitez de les semer chez des femmes qui se font tuer.
La liste des décès récents n'était pas à son avantage. Valancour connaissait Montaine, qui était morte, Perline-Vincelette, qui était morte, et Suzelle, qui avait disparu. Cela aurait fait un beau tableau de chasse pour un assassin.
– Je ne tue pas les femmes, je les parfume, répondit-il. Et puis j'ai un alibi. Je passe mon temps dans la parfumerie. Depuis ses malheurs, Guermain n'est

plus bon à rien. Ils sont comme ça, les créateurs : un rien les perturbe. Retard de livraison, erreur de fourniture, rupture sentimentale, risque de scandale, assassinat, tout les anéantit.
Rose réfléchit. La police n'irait pas chercher midi à quatorze heures : vêtements de Suzelle, balles de Suzelle, ils allaient accuser Suzelle d'avoir tiré sur Montaine de Maronval. Du coup, ils lui mettraient aussi sur le dos le meurtre de Perline, même sans mobile. On l'enverrait à la question, et hop ! Des poucettes aux doigts, des étaux aux chevilles… Après une telle torture, elle ne serait pas longue à avouer l'attentat de Damien sur Louis XV et l'assassinat de Henri IV par Ravaillac, tant qu'on y est !
De son côté, Valancour réfléchissait aussi. Si l'assassin s'était procuré un de ses mouchoirs et l'avait aspergé de santal pour attirer sur lui l'attention de la police, cela signifiait…
– J'ai compris ! Cela veut dire qu'il me connaît !
Ils étaient atterrés. Plus personne n'était en sécurité dans cette histoire de code secret, ni les employés de parfumerie, ni peut-être même les coiffeurs ou les modistes. Quelqu'un faisait le ménage parmi les gêneurs, pas seulement dans l'appartement de Montaine, mais aussi chez ceux liés au vol du code,

à moins que ce ne soit à cause du faux suicide de la présidente Mongeaud de Sartre, ou du réseau d'espionnes qui commençait à se dessiner.
Le cerveau maléfique qui avait conçu ces plans se nommait-il Mongeaud de Sartre ?
– Ce juge a-t-il assez d'influence pour faire classer en accident le suicide de sa femme qui est en fait un meurtre ? demanda Léonard.
– Voyez ça avec ses beaux-parents, répondit Valancour. Ils ont diligenté des recherches, l'an dernier, pour savoir ce qui est réellement arrivé à leur fille.
Il leur donna l'adresse, puis chacun des trois regagna son logis en jetant des coups d'œil par-dessus son épaule pour vérifier qu'il n'était pas suivi par un maniaque muni d'un pistolet ou d'un bac de chaux.

18
La femme invisible

Marie-Antoinette donnait chaque lundi un bal qui durait de six à dix heures du soir. Les dames y venaient en dominos [15] parés ou sous un travestissement de leur choix. Les hommes conservaient leurs tenues ordinaires. Il était seulement interdit de porter du fil d'or ou d'argent, ces matières précieuses étant jugées d'un luxe ostentatoire. Marie-Antoinette se conduisait en hôtesse parfaite, elle traitait tout le monde avec grâce et s'efforçait de parler à chacun.

Ce matin-là, après son lever et sa toilette, elle passa dans le boudoir où elle recevait les roturiers qui n'avaient pas accès à sa chambre, ces gens habiles qui l'aidaient à porter haut les couleurs de la royauté, de l'élégance et du déficit des finances royales.

---

[15] Sorte de longue cape à capuche qu'on utilisait comme déguisement par-dessus ses vêtements habituels.

– Quel nouveau costume pourrais-je bien choisir, cette fois ? leur demanda-t-elle.
Elle désirait porter quelque chose de spécial. Elle était le centre de l'attention, sa tenue serait détaillée et commentée. Et comme cette situation lui plaisait, elle n'aurait pas aimé qu'une autre lui fasse concurrence. Aussi était-elle prête à repousser les limites de ce qui était permis à une reine de France, quitte à scandaliser les bien-pensants. Quant à scandaliser le peuple de France, elle n'y pensait pas. Comme toujours, Rose et Léonard étaient priés de s'entendre pour concevoir un costume inédit et sa coiffure assortie.
– Parée par nous, dit le coiffeur, vous serez plus somptueuse qu'une perle fine et ce château aura l'air d'une huître.
– Ah ! Si seulement vous pouviez créer pour moi une robe d'invisibilité qui me dissimule aux yeux de mon frère ! Il est toujours à me surveiller pour me critiquer ! Il n'apprécie rien de ce que je fais, c'est épuisant !
Le coiffeur et la modiste échangèrent quelques mots à l'écart. Voilà qu'elle leur lançait des défis à la Peau d'Âne ! Une robe d'invisibilité ! Il lui en faudrait bientôt une « couleur du temps ». Une idée leur vint.

– Rien n'est impossible à Votre Majesté, déclara Léonard. Nous pouvons vous offrir la tenue d'invisibilité que vous désirez.
Marie-Antoinette se demanda comment ils allaient réussir ce tour de force. Quand ils le lui eurent expliqué, elle hésita : il fallait la permission du roi. Il était si à cheval sur l'étiquette ! Peut-être ne voudrait-il pas…
– Madame, répondit Rose, je me flatte d'emporter l'assentiment du roi… Il suffira de lui proposer à lui aussi un habit d'invisibilité !
La reine applaudit.
– Mes amis, vous avez du génie ! Il est déjà transparent, ça ne devrait pas être difficile !

Le soir, à six heures, la reine ouvrit le bal avec l'empereur. Sa robe était somptueuse. Son visage était dissimulé derrière un loup, un petit masque en satin noir qui couvrait le tour des yeux. Sa joue gauche était ornée d'une mouche de taffetas noir.
Joseph profita du menuet pour recommencer à lui faire la leçon. Curieusement, elle s'abstint de soupirer ou de lever les yeux au ciel de cette manière très impertinente qu'ont les Français de vous faire comprendre que vous les ennuyez. À toutes ses questions, elle répondit poliment « Oui, Sire », à

toutes ses remontrances elle n'opposait qu'un « Très bien, Sire ». Un doute le prit. Il lui demanda en allemand si elle avait l'heure. « Ja, ja », répondit sa partenaire de danse. Quand la musique s'interrompit, il lui arracha le masque et constata qu'il avait à ses bras une parfaite inconnue.

Où était sa sœur ? Il avisa une autre dame masquée, vêtue tout pareil à sa danseuse, qui discutait avec le roi, reconnaissable au cordon bleu de l'ordre du Saint-Esprit passé en travers de sa poitrine. Joseph éclata de rire.

– Vous vous êtes bien moquée de moi, dit-il en allemand à la seconde Marie-Antoinette.

Comme elle ne pipait mot, il en conclut que ce n'était pas la bonne non plus. Il en appela au mari de l'insolente.

– Mon cher beau-frère, je ne suis pas certain que ces bals masqués soient du meilleur goût pour une cour royale. On s'y mélange, on s'y cache, on peut tenir des propos déplacés et se livrer à n'importe quels écarts sous le couvert du déguisement.

– Certes, certes, dit Louis XVI, qui sirotait son champagne.

Quelque chose n'allait pas. Joseph se souvint que cet imbécile de roi de France s'abstenait de boire de l'alcool en public : il ne tenait pas la liqueur, au bout de la troisième coupe il se mettait à proférer des sottises et à rire tout seul bêtement. L'empereur saisit le masque et tira dessus pour l'ôter. L'homme à la coupe avait beau être de haute taille et ventru, il n'était pas Louis XVI. Dieu sait à quelle cohorte de serviteurs ou à quelle compagnie de gardes il pouvait appartenir ! Ce bal n'était plus une plaisanterie mais une tromperie caractérisée.

Des Louis XVI et des Marie-Antoinette s'amusaient autour de lui aux quatre coins de la salle. Le couple royal était là, quelque part, tout près, qui dansait ou qui grignotait des gâteaux, mais hors d'accès. Intouchable. Invisible.

Il demeura dans son coin, à tenter de repérer ses hôtes. Les courtisans auraient dû marquer de la déférence aux vrais monarques, mais cette cour était tellement cul par-dessus tête qu'on ne pouvait s'y fier.

– Pst, Sire ! fit une voix dans son dos.

Un homme au visage dissimulé par un masque en cuir bouilli s'inclina légèrement.

– Des résultats sur le code de Broglie ? demanda Joseph, qui avait besoin d'une bonne nouvelle.

– Hélas ! La personne qui le détenait a disparu. Nos agents la cherchent partout. Il semble qu'elle

craigne pour sa vie après que plusieurs de ses amies ont été assassinées.
– Ne pourrions-nous obtenir ce code de quelqu'un d'autre ? dit l'empereur. Un membre de l'ancien cabinet noir ?
– Hélas, nous n'arrivons pas à situer le comte de Broglie. Tous ses adjoints sont en disgrâce. La Couronne ne veut plus entendre parler d'eux, leur bilan est désastreux. Ils devaient placer un Bourbon sur le trône de Pologne : non seulement ils ont échoué mais la Pologne a été partagée entre votre pays, la Russie et la Prusse. Ils devaient rabaisser l'Angleterre, or elle règne sur les mers. Charles de Broglie est considéré comme un comploteur de bas étage. On l'a remercié de ses vingt-deux ans d'exercice en le reléguant dans son château.
– Quelqu'un doit bien posséder ce code, quand même ?
– Je supplie Votre Majesté de croire que j'ai cherché assidument. Même M. d'Ogny, l'intendant des postes, ignore d'où partaient ces correspondances et qui les recevaient. Dans un pays où le courrier est systématiquement lu par la police, imagine-t-on ça ! Le gouvernement du roi de France est dans la panade !

– Qu'est-ce que c'est, « panade » ? demanda Joseph, qui parlait pourtant couramment français.
– Cela veut dire que rien ne s'oppose aux plans de Votre Majesté impériale, surtout quand je vous aurai remis le code ! Votre Majesté pourra lire toutes les lettres qu'elle a saisies à Vienne !
– Bien, dit Joseph. Alors trouvez-moi ce code. Vous serez récompensé au centuple. Et restez discret !
Après que les deux hommes se furent séparés, celui au masque en cuir bouilli fut heurté par un serviteur muni d'un plateau de biscuits à la crème dont l'un se renversa sur sa belle veste brodée.
– Quel maladroit ! s'écria l'espion.
Le serviteur se confondit en excuses.
– Je vous demande mille fois pardon, Monseigneur. Puis-je courir vous chercher une veste de rechange ?
– Je crois qu'il n'y a plus que ça à faire, oui ! Aile nord, deuxième étage, l'appartement le plus proche du palier ! Mon valet te donnera ça. Dépêche-toi !
Le serviteur, envoyé par la reine, se disposait à recevoir bientôt une tabatière en porcelaine de Sèvres ornée d'un joli portrait.

*

L'après-midi de ce même jour, au Grand Mogol, l'ambiance n'était pas tellement meilleure. Assise sur un tabouret, Mme Bertin attendait avec anxiété le retour de sa fille. Elle avait une dure révélation à lui faire. Ce qui était bien, dans ces séjours en famille, c'était qu'on ne manquait jamais de sujets de discussion, les contrariétés se renouvelaient sans cesse. Dès que Rose fut entrée, Mme Bertin se dressa devant elle comme la statue du Commandeur.

– Ma fille, il existe un obstacle à ton mariage avec ton Léonard !

– Un seul ? répondit Rose.

– Je sais que je vais te faire mal, mais il faut que je parle !

– Vas-y, Maman, fais-moi mal.

– Il t'a trompée !

– Ciel.

– Il est marié !

– Jarnicoton.

– J'espère au moins que tu ne lui as pas accordé les dernières faveurs ! Quel déshonneur ! Aucun parti correct ne voudrait plus de toi !

Une lueur d'espoir perça comme un rayon de soleil dans un ciel ténébreux. Rose se composa une mine de fille perdue.

– Hélas, mère… Je suis bien coupable !

Mme Bertin se laissa tomber sur son tabouret. Le pire était donc arrivé. Il ne restait plus qu'à porter plainte auprès du Châtelet pour perversion d'une fille prête à marier.

– Cet homme est maudit ! Un diable de perroquet à foin ! Un échappé des galères !

Rose vit qu'elles avaient enfin une opinion en commun sur quelque chose.

– Nous lui ferons un procès impitoyable ! Nous lui prendrons tout ! dit Mme en Bertin en se ruant hors de la boutique.

Pour faire un procès, il fallait apporter la preuve du mensonge, par exemple une promesse de mariage écrite ou formulée devant témoins. Rose éprouva un regret. Si seulement cette histoire de fiançailles avait été vraie, elle aurait pu poursuivre Léonard et lui prendre son salon pour agrandir sa boutique. Pourquoi n'avait-elle pas poussé plus loin la plaisanterie ? Elle était trop gentille. Peut-être était-il encore temps de se faire embrasser par lui en public ? La pensée du coiffeur collé à elle façon poulpe à tentacules la fit renoncer à cette idée. Elle voulait bien être cynique, machiavélique, intéressée, mais elle ne voulait pas autoriser de pantin à la toucher, il y avait une limite à ce qu'une modiste pouvait endurer pour agrandir son commerce.

Mme Bertin revint accompagnée du commissaire du quartier. Une de ses filles était allée chercher le coiffeur. Rose n'avait qu'à lui faire réitérer sa promesse de mariage devant cet homme, il serait piégé !

Rose contempla le monsieur en costume marron terne et tricorne élimé, sa mère raide comme le Jugement Dernier, et Léonard qui arrivait, aussi sûr de lui qu'un bélier qui entre à l'abattoir. Elle éprouvait la plus forte tentation de toute sa vie. Sur un plateau de la balance, l'agrandissement de son magasin, le confort, la disparition de l'insupportable coiffeur… Sur l'autre plateau, une sensation inhabituelle qui s'apparentait à de la honte.

– Alors, chère belle-maman, que peut-on pour votre service ? demanda Léonard, tout sourire.

Rose voyait déjà le commissaire rédiger le procès-verbal contre le mécréant marié qui se permettait de courtiser des jeunes filles.

– C'est une erreur, déclara-t-elle à regret. Rentrez chez vous, je viendrai vous voir plus tard.

Le coiffeur parti, les trois autres restèrent silencieux une minute, après quoi le commissaire leva son

couvre-chef en déclarant qu'il leur enverrait sa note pour le déplacement.
Mme Bertin était fâchée.
– Tu es faible, ma fille.

Rose affirma que le rustre était intouchable : la reine le protégeait. Par ailleurs, si elle entraînait cet homme dans un scandale qui l'empêcherait de remettre un pied à Versailles, Marie-Antoinette lui en voudrait, elle la priverait sûrement de sa clientèle, c'en serait fini du Grand Mogol.
Mme Bertin était atterrée.
– Je n'y pensais pas. Il t'a piégée ! Le monstre !
Rose sortit, la mine basse, la plume en berne, non pour avoir été séduite, mais pour avoir cédé à une honnêteté nuisible au petit commerce.
Sa mère était perplexe. Elle était certaine que « Minette » ne lui avait pas dit la vérité pleine et entière. De toute évidence, elle aimait ce godelureau sans oser l'avouer. Il la tenait sous sa dépendance. Il était dangereux pour elle. Léonard Autier, voilà l'ennemi. Elle ne tarda pas à savoir comment elle allait régler le problème Autier. Elle regarda autour d'elle à la recherche d'un accessoire et regretta que sa fille n'ait pas plutôt ouvert une armurerie.

Rose s'en fut chercher Léonard dans son salon de coiffure et l'entraîna loin des sombres projets qui pesaient sur sa tête poudrée. Il était temps d'aller voir les parents de feue Mme Mongeaud de Sartre, cette dame qui avait si étrangement sauté par une fenêtre pour atterrir sur les pieds de Montaine de Maronval.

19
La petite maison en salami

M. et Mme Martinot tenaient un de ces établissements d'une ébouriffante modernité dont l'apparition révolutionnait la façon de se nourrir : un restaurant.
La mode était née en 1765 lorsqu'un cafetier avait ouvert une sorte de petit cabaret rue des Poulies[16], le Champ-d'Oiseau, du nom de sa ville natale. Son enseigne portait une devise latine qui signifiait en substance : « Venez vous restaurer chez moi. » Aussi avait-on désigné cet endroit par le terme de « restaurant ». On y servait d'ailleurs des « bouillons restaurants » à la viande, assez roboratifs pour permettre aux dîneurs de « restaurer leurs forces ». La recette était affichée au mur dans un cadre.

> Mettez dans une marmite en terre trois perdrix, deux chapons, une patte de mouton, un

[16] Aujourd'hui rue du Louvre.

morceau de veau, le tout bien dégraissé. Bouchez d'un morceau de pâte bien dure. Faites bouillir douze heures au bain-marie. Pressez et passez dans un linge.

Un appétissant fumet chatouillait les narines de Rose et de Léonard, ils décidèrent de profiter de la visite pour souper. Contrairement aux échoppes des traiteurs et aux auberges, on servait les clients individuellement à tout moment, non en table d'hôte ou à heures fixes. Au lieu de devoir se contenter du frichti de la patronne, on pouvait déguster un choix de plats dont la liste s'allongeait au point qu'il faudrait bientôt songer à les inscrire sur une carte. Il y avait du chapon au gros sel, des biscuits du Palais-Royal, des fruits de saison et du fromage à la crème. Ce n'était pas la langue de Lucullus, mais les préparations n'avaient rien à envier aux bonnes tables bourgeoises.

– Vous n'avez pas de ris de veau à la marmite ? demanda Rose.

– Ah, non, Madame, répondit la servante. Nous ne pouvons proposer ni ragoût, ni plat en sauce.

C'était une limite jalousement défendue par la corporation des traiteurs. Sous le règne de Louis XVI, la société était encore soumise à des privilèges corporatifs auxquels les groupes de marchands tenaient plus que tout. Léonard en avait fait l'expérience quand il s'était établi comme coiffeur. Quant à Rose, elle rêvait du jour où son influence à la Cour lui permettrait de détacher le métier de modiste de la corporation des couturières, qui lui imposait ses règles et ses cotisations.
– Je ne comprends pas que le roi ne donne pas un grand coup de balai dans ces vieilles institutions désuètes, dit-elle.
– Il craint trop que ce coup de balai ne balaye la monarchie en même temps que les institutions désuètes dont vous parlez, répondit Léonard. On ne sait jamais où s'arrêtera le nettoyage quand on s'y met.
Rose haussa les épaules. Voilà que le coiffeur se mettait à proférer des bêtises avant même d'avoir commencé à boire !
En fin de repas, ils entreprirent d'interroger la servante. C'était une jeune femme brune un peu trop décolletée, à la tête enveloppée d'une coiffe et qui portait un tablier. Il n'y avait plus grand-monde, elle avait le temps de discuter. À l'en croire, l'ambiance

avait changé depuis que les patrons avaient perdu leur fille.

– Ciel ! dit Rose. Que lui est-il arrivé ?

La servante s'assit à côté d'eux pour causer en confidence. On avait prétendu que la malheureuse était tombée par la fenêtre mais on avait dit aussi qu'elle avait pu sauter volontairement. Son mari n'était pas un sucre d'orge. Elle avait dû supporter un triste sire qui l'obligeait à mener une vie difficile et avec qui elle se disputait sans cesse.

– Oh ! fit Rose. Mais ce n'est pas une raison pour se tuer, ça ! C'est le bonhomme, qu'il aurait fallu pousser par la fenêtre ! N'est-ce pas, M. Autier ?

– Elle n'était peut-être pas facile à vivre non, plus, Mlle Bertin, suggéra le coiffeur en finissant d'un grand coup de cuiller sa crème duchesse à la fleur d'orange pralinée. Les tribunaux appellent cela des « circonstances atténuantes ».

– Je voudrais bien savoir quelles circonstances atténuantes on peut avoir de tuer sa femme !

– Passons à l'église et je vous montrerai.

La servante en déduisit qu'ils n'étaient pas mariés, ce qui la surprit fort car elle aurait juré le contraire, et même que ce mariage-là avait déjà bien dix ou quinze ans derrière lui.

Rose lui glissa un pourboire pour en apprendre davantage.

– Comment était-elle, la fille des Martinot ?

Mme Mongeaud de Sartre était extravagante, toujours à se prendre d'affection pour de nouveaux amis plutôt douteux, elle parlait beaucoup et parfois trop.

Tout à fait le genre qui plaît à Montaine de Maronval, se dit Rose. *Comme Suzelle Olivier, la fiancée du parfumeur. Ou Vincelette-Perline, la femme aux deux visages. Pas étonnant que toutes ces personnes se soient connues.*

Léonard demanda s'ils pouvaient parler aux Martinot.

– Oh, ils ne vous diront rien. Le patron s'est muré dans le travail et la patronne dans la tristesse. Il ne quitte plus sa cuisine, ni elle son appartement.

Le dernier client étant sorti, elle alla chercher un pichet du meilleur vin de la maison et s'assit en face d'eux pour regarder pleuvoir les pièces de monnaie. Elle déclara qu'elle savait bien des choses et se montrait disposée à les leur dire.

Les Martinot avaient leurs doutes sur l'accident survenu à leur fille. Ce mariage avec un président de tribunal, ça avait été une chance pour leur famille. En revanche, la fin tragique de leur

demoiselle était une catastrophe, une injustice du sort. Ils avaient voulu avoir le fin mot de l'affaire.
– Et ils l'ont eu ? demanda Léonard.
Ils avaient engagé un freluquet pour fouiner autour du président. Mongeaud s'en était aperçu et avait fait jeter le fouineur en prison.
– Vous vous rendez compte ? Quelle honte ! Mon patron appelle ça un abus de droit !
– Le fouineur aurait pu finir plus mal, dit Léonard. Montaine de Maronval ne risque plus de tenir une raquette, là où elle est !
La servante tomba des nues.
– La championne du jeu de paume ? Elle est morte ? Encore un accident arrangé ?
Les ardeurs de leur témoin refroidirent à vue d'œil. Rose foudroya des yeux Léonard qui avait trop parlé.
– Non, non, ma brave femme, ne vous inquiétez pas. Elle va très bien, elle se repose à la campagne.
La servante s'inquiétait beaucoup, au contraire. Seule l'apparition d'un écu bien brillant lui rendit sa langue et le courage de s'en servir.
– Vous comprenez, dit-elle en l'empochant, Mme de Maronval était l'un des deux témoins qui ont permis de classer le décès en accident.

– Tiens donc ! dit Rose tandis que Léonard se retenait de prononcer un mot afin d'éviter une nouvelle gaffe. Et qui était l'autre témoin ?
– La gouvernante, bien sûr. Vincelette Montouillaut. C'est elle qui a certifié que sa patronne avait voulu décrocher un rideau alors que son mari était à l'étage du dessous. Mme de Maronval était sur la chaussée, elle n'a vu que la chute.
Le bonhomme engagé pour aller fouiner chez le président Mongeaud de Sartre était un ancien maître d'école du nom de Trébochet. Ses recherches à peine commencées, il avait été arrêté par un lieutenant de la garde en robe courte, une brute bâtie comme un fort des halles, une masse de muscle avec un petit pois dans le ciboulot.
– Moulimeuf ! traduisirent en chœur la modiste et le coiffeur.
– Je vois que vous êtes au courant, dit la servante. Trébochet doit peser cent livres les jours où il a bien mangé, il n'était pas de taille.
Ils réclamèrent l'adresse du nommé Trébochet, qu'elle leur donna assortie d'une recommandation.
– Si vous découvrez la vérité sur la mort de leur fille, les Martinot offrent une prime de cent écus : c'est ce qu'ils ont promis à Trébochet.

Ils se rendirent dans une rue beaucoup moins propre et demandèrent à une passante où vivaient les Trébochet. On leur indiqua un étage élevé d'une maison branlante qui sentait l'humidité. Rose frappa doucement à la porte.
– Foutez le camp ! cria une voix féminine et avinée.
– Nous aimerions discuter avec vous, dit la modiste, du ton le plus aimable dont elle était capable quand il s'agissait de se faire entendre à travers une porte close.
– Nous avons à boire… ajouta Léonard après un long silence.
– M'en fous ! dit la voix.
Le désespoir de Mme Trébochet était semblait-il au-delà de la consolation qu'aurait pu apporter un verre supplémentaire.
– C'est à propos de votre mari, reprit la modiste.
– Il est à la prison de For-l'Evêque ! rugit la voix, mi-colère mi-sanglot.
– Est-ce à cause du président Mongeaud de Sartre ? dit le coiffeur.
La femme derrière la porte se mura dans un silence qui sentait la terreur. L'effluve en était presque aussi perceptible qu'un nuage de Royal Guermain sorti d'une poire à parfumer.

– Qu'est-ce que vous lui voulez, au président Mongeaud ? demanda un monsieur qui montait l'escalier avec lenteur.
C'était le sémillant Moulimeuf, lieutenant de la garde en robe courte de son état.
– On embête les braves bourgeoises ? Hein, Madame ? cria-t-il à travers la porte.
Le silence dans le logement contigu se fit plus épais s'il était possible. Mme Trébochet faisait la morte. Une morte terrifiée.
Pour les avoir rejoints si vite, Moulimeuf avait dû les suivre ou les faire suivre, Dieu seul savait depuis combien de temps. Ils s'inquiétèrent soudain de ce qu'il avait pu apprendre sur leurs recherches ou sur eux-mêmes depuis qu'il les espionnait. Le service secret de la reine était-il toujours aussi secret ?
Il les prit chacun par un bras pour les reconduire hors de cette maison.
– Allons, il faut laisser Mme Trébochet se reposer, elle a eu des tracas. Son mari n'était qu'un vil escroc. D'ailleurs il a fini au cachot, vous rendez-vous compte ?
À l'entendre, Trébochet n'était qu'un maître chanteur de bas étage qui traînait après lui une réputation atroce. Il avait cherché un moyen

d'ennuyer le président Mongeaud de Sartre, la police y avait mis le holà.

– La police, c'est-à-dire vous… traduisit Rose.

– Je n'ai fait que mon devoir.

– Qui consiste à empêcher les gueux de nuire aux magistrats, compléta Léonard.

– Entre autres, oui. Ce n'était pas les motifs qui manquaient pour interpeller un hurluberlu comme ce Trébochet. Il a disparu pour un moment, croyez-moi. À propos, avez-vous appris quelque chose sur Vincelette Montouillaud ? demanda-t-il avec une sérénité qui commençait à glacer ses interlocuteurs. Jusqu'où ce petit lieutenant était-il disposé à aller pour empêcher Rose et Léonard de s'intéresser au décès de la présidente ? Ils comprenaient mieux la fuite éperdue de Vincelette, sa précipitation à épouser le premier gardien de maison de campagne qui lui offrait un refuge hors de la capitale, et sa décision de se faire désormais appeler « Perline ». Que se serait-il passé si Trébochet l'avait retrouvée le premier, plutôt que Moulimeuf ? Aurait-elle eu le cran de s'allier à lui pour accuser le président d'avoir tué sa femme ? Ou bien aurait-elle fui à temps ? Au lieu de cela, elle avait péri dans une robe de princesse, et Trébochet croupissait sur la paille

de sa geôle. Rose et Léonard n'avaient-ils pas devant eux le responsable de ces deux calamités ?
– Vincelette ? répéta Rose. Nous ne savons rien d'elle. Comment était-elle ?
Moulimeuf considéra un instant la modiste. Se moquait-elle de lui ou était-elle sérieuse ?
– Vincelette était belle, fascinante et redoutablement dangereuse, répondit-il d'une voix qui suggérait qu'il l'avait connue de près.
Puis il lâcha leurs bras, tourna les talons et s'éloigna d'un pas lent sur la chaussée boueuse.

Une récapitulation était nécessaire, ils naviguaient dans un brouillard plus épais que l'obscurité qui les environnait depuis leur sortie de chez les Trébochet.
Ils classèrent les événements en ordre chronologique, en tout cas ceux dont ils avaient connaissance.
Pour ce qu'ils avaient compris, l'affaire avant commencé un an plus tôt, quand la présidente Mongeaud de Sartre avait fait le grand saut par la fenêtre. Elle était tombée aux pieds de Montaine de Maronval, sa voisine d'en face. Le témoignage de la gouvernante, Vincelette Montouillaud, avait permis au veuf de faire classer le décès en mort accidentelle. Vincelette avait aussitôt quitté sa place

sans laisser d'adresse pour épouser le gardien de Passy sous le nom de « Perline ». Il y avait un mois, le lieutenant Moulimeuf avait retrouvé sa trace. Le lendemain, elle avait fini en squelette dans un bain de chaux, et sa patronne, Suzelle Olivier, avait fui Passy en emportant le code de Broglie dans ses bagages. Suzelle avait pris une diligence pour l'Allemagne, avant de revenir à Paris se cacher chez Montaine de Maronval, qu'on n'avait pas tardé à retrouver assassinée dans sa baignoire.

– Quelle charmante petite histoire, dit Léonard. Ce n'est pas *Cendrillon* ou *La Belle au bois dormant*, mais il y a du souffle et des rebondissements.

– Le problème, dit Rose, c'est que nous n'aurons jamais le temps de la publier si le président Mongeaud fait trucider tous ceux qui y prennent part. Ce n'est pas un conte de fée, le sorcier maléfique gagne à tous les coups.

– Pour le moment. Mais il n'a pas encore rencontré la force tranquille qui renverse les obstacles !

– Quelle force tranquille ? demanda la modiste.

– La nôtre, répondit le coiffeur en replaçant une mèche rebelle qui résistait à l'impeccable ondulation de sa chevelure poudrée.

20
Gare aux fouetteuses !

La nuit était à présent profonde, percée seulement aux coins des rues par la lueur de ces lanternes à huile qui faisaient de Paris un objet d'admiration et d'envie. Après avoir raccompagné Rose devant chez elle, Léonard se dirigea vers son propre logement, qui possédait une entrée directe dans la ruelle sur le côté de la boutique.
Un grondement sourd pareil au grognement d'un fauve affamé le fit sursauter.
– Scélérat ! dit dans son dos une voix rogue.
Cette déclaration fut suivie d'un claquement très sonore. Une personne munie d'un long fouet était assise à quelques pas de lui sur un tonneau. Elle avait dû s'installer là pour attendre son retour, car elle se leva lentement et s'avança vers lui d'un pas menaçant. L'obscurité empêchait de voir ses traits, mais elle portait une robe unie dont la facture simple et sans chichis n'était pas inconnue du coiffeur.
– Belle-maman ?

Un rai de lumière éclaira fugacement un visage congestionné par la colère, d'autant plus inquiétant qu'à cette heure tardive le quartier était désert.
– Je vais te châtier ! annonça belle-maman.

– Me châtrer ? dit Léonard, qui n'en croyait pas ses oreilles.
– Aussi.
Il prit ses jambes à son cou, mais la ruelle était en réalité une impasse. L'assaillante eut tôt fait de le coincer contre le mur du fond.
La première explication de cet accès de rage que put imaginer le coiffeur fut que Mme Bertin avait mal pris la petite comédie des fiançailles qu'il avait montée avec Rose.
– Pitié ! C'était un petit mensonge de rien du tout !
– Pour toi, peut-être, mais tu as gâché la vie de ma pauvre Minette !
Léonard n'était pas d'accord. Après tout, il avait rendu service à la modiste en se faisant passer pour son fiancé providentiel.
– N'exagérons pas, elle était bien contente de m'avoir sous la main, vous savez.
Ce propos sembla augmenter la fureur de la mère outragée. Dans un sifflement horrible, le fouet vint

lacérer les cuisses du coiffeur, heureusement recouvertes d'une solide culotte en velours.

– Monsieur vise-au-trou ! Abuser d'une frêle jeune fille afin d'assouvir ses bas instincts !

– Quels bas instincts ? dit Léonard avec effroi en constatant non seulement qu'il éprouvait une vive brûlure, mais que le tissu de son vêtement était fendu sur la longueur d'une main.

– Qu'aurions-nous fait si elle avait été enceinte ? dit la Bertin en levant à nouveau son fouet.

Léonard sentit qu'ils glissaient sur un terrain où il ne s'était pas aventuré. Il leva le doigt pour solliciter une pause dans les sévices.

– Alors là, pardonnez-moi, mais je crains d'être la victime d'un malentendu…

– Tu vas voir de quoi tu vas être victime, Ostrogoth ! rétorqua belle-maman en visant cette fois la poitrine.

Par bonheur, Léonard eut le réflexe de se baisser, si bien que seuls les cheveux savamment crêpés rencontrèrent la lanière de cuir fatale. Le fouet s'emmêla et se referma sur sa tête à la façon d'un filet sur une anguille. Mme Bertin entreprit de tirer son arme à elle, mais elle ne parvint qu'à ramener un gros poisson poudré, irrémédiablement accroché à son fil de pêche. Elle lâcha le fouet et empoigna la tignasse en pestant contre le coiffeur.

Après quelques instants de cette bataille, elle se laissa tomber sur son tonneau pour reprendre haleine. Lui se retint au mur d'une main, le fouet dans l'autre, ses cheveux défaits lui tombant dans la figure au point qu'il n'y voyait plus assez devant lui pour tenter une fuite au pas de course.

– Ecoutez, belle-ma… Mme Bertin… Vous vous trompez sur mes rapports avec votre fille. Ils sont uniquement professionnels. Je préfère vous dire la vérité : nous travaillons pour la reine.

– Je le sais bien, ça, mou-de-veau mal lavé ! Dans le coup de peigne et dans la fanfreluche !

– Non, non, dans la diplomatie internationale. Rose s'occupe des filatures et je me crêpe le chignon avec les ennemis de la Couronne.

L'onomatopée que produisit Mme Bertin évoquait le bruit d'un cochon aérophage.

– Minette m'a déjà servi cette chanson.

– Ce n'est pas une chanson, plaida Léonard. La reine n'hésite pas à confier des missions à toutes sortes de femmes, ce n'est pas parce qu'elles portent jupons qu'elles ne sont pas capables.

– Ce n'est pas ce que je voulais dire. C'est *vous* qui n'êtes pas crédible ! Nous avons à la foire d'Abbeville des pantins et des acrobates qui ont l'air plus sérieux que vous !

Piqué au vif, Léonard entreprit de lui montrer tous les artifices dissimulés dans sa veste. Elle était garnie de cachettes dont il retira tout un matériel : des instruments pour ouvrir des portes, pour se défendre, pour écrire des messages à l'encre sympathique, pour s'orienter en pleine nature, pour s'éclairer… Il transportait un fonds de quincaillerie dans ses doublures.

– C'est votre fille qui a créé ce vêtement.

Mme Bertin fut d'abord perplexe devant le spectacle de cet étrange déshabillage avec accessoires. Puis elle se dit que la situation était plus grave qu'elle ne l'avait cru. Elle devait absolument éloigner sa pauvre Minette de cet individu visiblement désaxé. Maintenant qu'elle savait à quoi s'en tenir sur le personnage, elle était plutôt rassurée de savoir que Rose ne l'épouserait pas. Plutôt seule qu'accolée à un turlupin. On l'avait bien prévenue que Paris était rempli de déséquilibrés, les gens de province y envoyaient leurs crétins pour s'en débarrasser. Rose épouserait le brave Picard qu'elle lui avait amené, il était sans prétention, il n'avait pas le grand air des Parisiens, mais au moins leurs enfants ne seraient pas affligés d'une lamentable maladie mentale. Mieux valait un mari pauvre, honnête et bien portant qu'un exalté aux cheveux en bataille, les poches pleines de cochonneries glanées on ne savait où.

– Si vous ne me croyez pas, regardez dans le double-fond de l'armoire de sa chambre ! déclara le tordu dont les yeux brûlaient d'une lueur démente.

Mme Bertin recula lentement vers l'entrée de la ruelle tandis que le fou tâchait de remettre en place son petit catalogue de saletés.

Elle rentra chez sa fille. Rose était occupée dans l'arrière-boutique à préparer une commande en retard. Dans l'appartement au-dessus, la progéniture abbevilloise ronflait sur des matelas installés un peu partout.

Mme Bertin entra dans la chambre à coucher, où elle changea ses vêtements de jour pour une robe de nuit et un bonnet de coton blanc. Son regard était irrésistiblement attiré par l'armoire. Elle se jugea stupide. Si l'on acceptait de se conformer aux prescriptions délirantes des illuminés, où irait-on ? Tout de même, elle sentit qu'elle ne pourrait pas fermer l'œil avant d'en avoir eu le cœur net. Elle devait constater *de visu* les élucubrations du dément. Sa fille n'accomplissait aucune mission secrète pour le compte de la reine, elle-même était une bonne mère aimante et sensée, le coiffeur d'à côté était un maboule bon à mettre à Bicêtre.

L'armoire contenait des robes sur des cintres. Il y avait aussi, sur une étagère, un gros livre dans lequel étaient épinglés des échantillons de tissus pour grands habits, pour déshabillés, pour tenues de bal et ainsi de suite... À chaque page, une petite portion de ruban ou de dentelle indiquait la garniture appropriée. Mme Bertin devina que ce répertoire servait à faire des suggestions à la reine.

Elle reposa le livre, qui heurta le fond de l'armoire avec un bruit moins mat qu'elle ne s'y serait attendue. Cela sonnait creux. En approchant sa chandelle, elle aperçut une encoche qui pouvait servir de poignée. Elle tira sans se poser de question et tout le contenu du meuble pivota.

Le monde était différent de l'autre côté de l'armoire. Mme Bertin avait sous les yeux des études de vêtements à poches secrètes, des dessins pour des bonnets blindés, et un cahier intitulé : « Trois façons de dissimuler un pistolet dans une robe à panier ».

Soit les vapeurs toxiques qui empuantissaient la ville avaient rendu ses habitants complètement fous, soit sa fille n'était plus la demoiselle toute simple qu'elle avait connue à Abbeville. Ou bien était-ce les deux ? À ce rythme-là, elle aussi finirait chez les dingues ou dans un cabaret où on lui apprendrait à marcher sur les mains en faisant tourner une assiette sur son nez.

*

Le lendemain matin, à Versailles, l'empereur Joseph s'était trouvé de nouveaux agréments. Au château, le dimanche était un jour de dévotions-spectacles. La famille royale se consacrait à une longue série d'obligations publiques, pour la plus grande joie des courtisans, des visiteurs de tout poil autorisés à entrer s'ils étaient correctement vêtus, et des empereurs incognito qui n'avaient jamais vu de telles manières.

Habillé en homme du peuple et coiffé d'une perruque banale, il se mêla à la foule des curieux pour suivre la journée royale ainsi que la plupart des Français y étaient autorisés. Avant d'aller voir les ministres pour réclamer une faveur ou un avancement, les solliciteurs assistaient au grand lever du roi, en réalité un simulacre de toilette royale. Louis XVI quittait son véritable lit à sept ou huit heures du matin, mais le lever était à onze heures et demie, sauf les jours de chasse où on l'avançait à l'aube.

Joseph attendit dans l'antichambre, sous la surveillance d'un Suisse, avec les autres badauds. On les fit passer dans une grande chambre avec du doré partout, où une barrière délimitait l'emplacement réservé au service du souverain. À l'heure dite, ce dernier pénétra dans sa chambre de parade, en habit du matin, tandis qu'un valet criait : « La garde-robe ! » Les habitudes sportives de Louis XVI, qui jouait à la paume et montait à cheval presque chaque jour pour la chasse, l'avaient doté d'une carrure massive et d'une force herculéenne. En revanche ses dents étaient mal plantées, sa vue basse, et sa voix peu harmonieuse montait facilement dans les aigus.
Une fois chaussé et habillé, le roi, entouré de ses aumôniers, s'agenouilla sur un coussin pour réciter une courte prière. Puis il se rendit en cortège à la chapelle afin d'entendre la messe dominicale. Devant l'entrée, un prêtre s'agenouilla pour lui remettre un placet intitulé « Recette pour faire des enfants ». Louis XVI éclata de rire tandis que l'on ordonnait à ce fou de déguerpir. Il riait de ce gros rire sans retenue qui lui donnait l'air imbécile.
Dans la chapelle, les dames en grandes tenues mirent si longtemps à chercher une bonne place, proche de la tribune où était le roi, puis à ranger leur

traîne, puis à chercher leur missel dans leur grand sac, que le rite en était déjà à la moitié quand elles furent en mesure de s'y intéresser.

Le déjeuner du dimanche était ce qu'on appelait un « grand couvert ». La table était recouverte d'une multitude de mets dont beaucoup avaient été préparés avec le gibier abattu par Sa Majesté. Louis XVI n'était pas un fin gourmet. Des plats que son contrôleur de la Bouche avait fait mitonner pour lui, il ne goûtait que deux ou trois, après quoi il disait poliment : « Oui, c'est assez bon. » Malgré les monceaux de nourriture étalés devant lui, Joseph vit que son beau-frère n'avait mangé qu'un potage, quelques tranches de rôti, de la salade assaisonnée au jus de citron et une part de gâteau. Il avait accompagné ce dernier d'un verre de vin de Malaga. Non seulement sa tête ne tenait pas l'alcool, mais son foie non plus. Si jamais il en prenait davantage, il devait se purger avec du petit-lait.

Joseph avait beau porter un habit commun, tout le monde n'était pas dupe. Il entendit une dame dire près de lui :

– Il paraît que l'empereur est ici. On prétend qu'il affiche la plus grande simplicité et qu'il profère des lieux communs avec une emphase à faire mourir de rire.

Le coucher du roi était à onze heures. Louis XVI remit son chapeau et son épée au premier gentilhomme de la chambre, puis il passa la balustrade, se mit à genoux avec son aumônier muni d'un long chandelier en vermeil à deux bougies – les princes n'avaient droit qu'à une seule bougie pour leur coucher. Une fois la prière dite, le chandelier était confié à un visiteur que le roi souhaitait honorer. Joseph nota que ce n'était pas à lui qu'on souhaitait honorer.

Louis XVI vida le contenu de ses poches, il en ôta sa bourse, son énorme trousseau de clés, sa longue-vue et son couteau. Un valet de la chambre et un autre de la garde-robe se mirent à genoux et prirent chacun un pied du roi pour le déchausser. Deux pages s'avancèrent pour lui enfiler ses pantoufles. Puis l'huissier donna l'ordre de la retraite en déclarant : « Passez, messieurs ! » Il ne resta plus que les princes, qui entretinrent le roi de choses et d'autres pendant qu'on le coiffait pour la nuit. Après cela, Louis XVI tournailla pendant plus d'une demi-heure, cherchant à ricaner sur tout, faisant des plaisanteries sur rien. Quand il en eut assez, Joseph franchit la barrière dorée sans que quiconque l'arrête, ce qui montra bien qu'on l'avait reconnu. Il approcha du lit où son beau-frère était étendu sous

ses couvertures, le dos contre trois oreillers, son bonnet sur la tête.
– Vous faites cela tous les jours ? lui demanda-t-il.
– Tous les jours je me lève et je me couche. C'est une institution établie par le Roi-Soleil.
– Je m'attendais à vous voir sur votre pot de chambre.
– Non. Ça, c'était Louis XIV.
– Ah, je me suis trompé de numéro, dit l'empereur avant de sortir.
Louis XVI prit une cuiller en argent sur sa table de chevet et la plia dans sa grosse main comme si elle avait été en carton. Malgré toute sa bonhomie naturelle, il regrettait dans ces moments-là d'avoir démantelé le réseau d'espionnage de son grand-père. Il n'aurait pas refusé une ou deux informations secrètes qui lui auraient permis de damer le pion à son beau-frère.
Quand tout le monde fut parti, il quitta son lit, enfila ses pantoufles et emprunta les corridors secrets pour gagner sa vraie chambre à l'étage au-dessus, qui était plus petite et mieux chauffée.

21
L'odeur de l'argent

Alors que Rose et Léonard discutaient froufrous et codes secrets autour d'une cafetière dans le salon de coiffure, un gamin des rues leur apporta un billet. Philidor Guermain y avait tracé deux mots : « Venez vite ».

Ils sautèrent dans un fiacre qui les emporta au trot vers la boutique du parfumeur.

Guermain s'y trouvait, et aussi son premier commis, Gabin Valancour, toujours aussi jeune, souple et habile à s'activer pour servir les clients, rendre la monnaie et rassurer son patron, que les bains et la liqueur de genièvre maison n'avaient pas réussi à consoler.

Guermain renifla deux fois et posa un mouchoir sur son nez.

– Mais quelle est cette odeur infecte ? Cela sent la carcasse en putréfaction rehaussée d'une pointe d'urine fermentée.

– En tout cas, ce n'est pas moi, dit Léonard. Je porte la nouvelle eau de Cologne d'un de vos concurrents.

Guermain leva les yeux au ciel.

– Pestilence identifiée.

– Cela s'appelle « Futaie automnale de Grasse ».

– À mon avis, dit Guermain, il y a une bestiole morte dans la futaie.

Il s'empara d'une poire et aspergea le visiteur comme il aurait jeté de l'eau sur un incendie.

– Cela couvrira « Fosse septique de Grasse ».

Rose n'était pas venue pour assister à une leçon de parfumerie.

– Dites-nous la raison de cette convocation, nous vous débarrasserons le plancher plus vite.

– Hélas ! Hélas ! Hélas ! dit Guermain, ce qui n'était pas une explication formidable. J'ai reçu ceci.

Il leur mit sous les yeux un bout de papier où l'on avait griffonné quelques mots. Le nom « Suzelle » était inscrit au bas.

– C'est sa signature ? demanda Rose.

Il avait vérifié, les tiroirs de son secrétaire contenaient plusieurs écrits de sa main. C'était son écriture, un peu tremblée, ce qu'il interprétait comme un signe d'inquiétude ou de panique. Ce sentiment correspondait d'ailleurs à la teneur du

texte. Sa fiancée évoquait un vague péril qu'elle courait en restant à Paris, elle le suppliait de lui envoyer une somme qui lui permettrait de se réfugier dans une ville lointaine. Elle estimait ses besoins à un millier de livres, ce qui n'était pas rien. Le document avait été tamponné à l'aide d'un sceau monté sur une bague qui ne la quittait jamais, c'était donc bien elle qui appelait au secours.
– Disposez-vous de cette somme ? demanda Rose.
– Par un hasard miraculeux, c'est exactement ce que nous avons en caisse aujourd'hui !
Un hasard miraculeux, oui..., répéta pour elle-même la modiste.
La suite du texte recommandait au parfumeur de ne pas venir en personne. Il pouvait être surveillé, suivi, espionné, il mettrait en péril la vie de sa fiancée ainsi que la sienne. Cette tâche devait être déléguée à quelqu'un de confiance, par exemple un employé de sa boutique.
– J'ai décidé de me fier à vous, leur annonça Guermain.
– Et pourquoi pas à lui ? demanda Léonard en désignant le premier commis. Vous n'avez pas confiance ?
– Oh, si ! Vous pensez ! Il tient mes deux comptabilités, la vraie et l'autre. Mais si on me le

tue ou si on me l'abîme, je n'aurai plus personne pour m'aider ici.
– Tandis que nous, nous ne vous manquerons pas, traduisit le coiffeur.
– Oh, mais je vous serai très obligé de me rendre ce petit service ! Disons que cela compensera pour certains impayés…
Rose avait toujours réglé ce qu'elle devait rubis sur l'ongle, elle s'enquit de ce que c'était que cette histoire d'impayés.
– Rien du tout, dit son acolyte, gêné. Ne vous préoccupez pas, ma chère. Un malentendu entre monsieur et moi.
– Un malentendu à cent cinquante livres, quand même, précisa le parfumeur.
Léonard avait tiré plus d'avantages que Guermain de leur collaboration. Il s'était montré d'une rare ladrerie, n'avait jamais d'argent pour régler ses mémoires, et se permettait d'expliquer au parfumeur qu'il le payait en vantant ses produits à sa clientèle !
– Mais comme c'est vous qui les leur fournissez, je n'y gagne rien ! protesta Guermain. Je n'ai pas vu le moindre de vos clients venir chez moi, et pour la reine, j'attends toujours.

Comme Rose ne voulait pas la faillite du petit commerce, elle accepta de jouer les porteurs d'écus avec le mauvais payeur. Guermain leur remit une bourse qu'il tenait prête. Elle était pesante, on entendait tinter les écus. Rose nota l'air sombre de Guermain. Elle n'aurait pas cru cet homme capable d'un tel sacrifice.
– C'est fort galant à vous d'aider Suzelle bien qu'elle vous ait quitté sans explication il y a un mois, dit la modiste. Vous êtes d'une nature accommodante.
– C'est aussi moi que je protège. Je ne sais plus où j'en suis, je commence à croire que Suzelle a bien tiré sur cette championne de jeu de paume, Montaine de Maronval. Il vaut mieux qu'elle change de continent, j'aimerais qu'elle parte pour les Amériques, un procès aurait des répercutions désastreuses pour ma gamme d'onguents de beauté. J'ai déjà dû repousser le lancement de mes savonnettes depuis qu'on a trouvé le squelette de la gardienne dans le bac à chaux. Imaginez un peu la réclame si on condamnait ma fiancée pour meurtre ! Mille livres, ce n'est pas cher !
Le message de Suzette indiquait un lieu public où il fallait lui apporter l'argent. Pour qu'elle comprenne qu'ils venaient de sa part, Guermain mit un panneau

de bois dans les bras de Léonard. C'était la vieille enseigne de son commerce qu'il venait de remplacer par une neuve.
– Et elle, comment la reconnaîtrons-nous ? demanda Rose.
– Croyez-moi, Suzelle sait se faire remarquer. Je me demande même comment elle a réussi à passer inaperçue depuis tout ce temps. Elle est voyante, elle a le verbe haut et sa voix porte loin.
Plus tard, Rose cheminait sans mot dire, la bourse au fond d'une poche, Léonard à côté d'elle, chargé de l'enseigne. Il supposa qu'elle était contrariée d'avoir à transporter tout cet argent.
– Cela fait une somme, hein ?
– La question que je me pose, dit la modiste, c'est : comment Suzelle, en fuite depuis un mois, a-t-elle pu évaluer avec exactitude combien Guermain avait en caisse.
– Elle a travaillé pour lui, peut-être sait-elle ce qu'il gagne à cette période de l'année.
– Cela n'a aucun sens. Il aurait pu déposer cet argent chez lui, dans son coffre ou chez son banquier. Il est bien extraordinaire que sa fiancée sache ce qui se passe dans la boutique comme si elle s'y trouvait encore.

– L’important, c’est qu’elle ait signé son message, dit Léonard.
C’était au contraire ce qui inquiétait Rose. Suzelle avait pu rédiger ce billet sous la menace, il avait pu être écrit par quelqu’un qui lui avait pris son sceau, après lui avoir fait subir un mauvais sort. Léonard avait une autre préoccupation à l’esprit.
– Vous vous rendez compte que nous devenons tous complice de cette fugitive en lui fournissant les moyens de sa fuite. Si elle a tué Montaine de Maronval, nous nous exposons à des poursuites judiciaires. Or mes doigts sont trop fins pour supporter les poucettes, ces chaînes qui lient les pouces des prisonniers.
– Comme nous agissons pour le compte de la reine, je crois qu’une moyenne pourra être établie entre nos services et nos fautes.
L’endroit indiqué par le message était la fontaine des Quatre-Saisons, rue de Grenelle. Ils s’assirent sur le rebord, l’enseigne bien en évidence devant les jambes de Léonard. Les passants dévisageaient avec perplexité cet homme à la chevelure de lion, muni d’un panneau où l’on pouvait lire « Le Gai Narcisse ». Si la dame qui l’accompagnait avait jonglé avec des oranges, on aurait cru à une réclame

pour un spectacle, mais, sans jonglerie, l'écriteau paraissait seulement incongru.
Ils attendaient depuis une demi-heure quand une fillette qui proposait des biscuits secs dans un panier vint les trouver.
– La dame attend dans cette voiture, dit-elle en désignant un fiacre stationné à une trentaine de pas.
Près du carrosse, une main gantée passa par la fenêtre de la portière. Au lieu d'y déposer la bourse, Rose y plaça l'enseigne du « Gai Narcisse ».
– Qu'est-ce que c'est ? demanda la fiancée du parfumeur.
– Vous voyez que nous vous sommes adressés par la personne que vous savez. À votre tour de révéler votre identité.
– Je ne suis pas venue vous raconter ma vie, répondit sèchement la dame.
– Dans ce cas, je vous souhaite un bon séjour dans les duchés saxons.
La modiste tourna les talons et entraîna Léonard.
– Attendez ! dit la femme dans la voiture.
Comme ils se tournaient à nouveau vers elle, elle leur tendit ses doigts. Elle avait ôté son gant. Une bague montée d'un sceau taillé dans une pierre rouge ornait l'annulaire.

– J'aurais bien remplacé ce bijou par une alliance, mais comme Philidor ne s'est jamais décidé… Êtes-vous satisfaits ?
Elle repoussa la capuche qui lui couvrait la tête. Pour ce qu'ils pouvaient en voir, elle ressemblait à la personne dont Guermain leur avait montré le portrait en médaillon. Même blondeur, même teint de pêche qui avait séduit le parfumeur. Il émanait d'elle cet effluve de santal sur lequel son fiancé comptait pour assurer sa fortune dès qu'elle cesserait de susciter toutes sortes de scandales autour de lui.

22
Minuit dans le carrosse du bien et du mal

Rose et Léonard montèrent en voiture et Suzelle ordonna au cocher de rouler vers le boulevard. Maintenant qu'il la voyait mieux, malgré la pénombre et les cahots de la route, le coiffeur se disait que Suzelle ne correspondait guère à l'idée qu'il se faisait d'une aventurière insaisissable. Elle n'était ni si bien coiffée, ni si bien vêtue, ni si irrésistible qu'il s'y était attendu. Il était toujours étonné de constater combien on peut être déçu lorsqu'on rencontre des personnes dont on a beaucoup entendu parler. En l'occurrence, il vadrouillait depuis des jours sur les traces de cette créature mystérieuse, il l'avait imaginée Reine de Saba enveloppée de parfums orientaux, Mélusine nageant dans des bacs d'huiles odorantes, ou Lilith, la première femme fatale de l'humanité… Il avait devant lui une victime aux abois, certainement bien faite, mais qu'il imaginait difficilement capable de déclencher un tel ouragan de catastrophes. Il n'était pas sous le charme de l'ensorceleuse. Comment avait-elle pu magnétiser le comte de Broglie pour lui dérober son précieux code ? Si les agents du feu roi Louis XV tombaient au pouvoir de la première donzelle venue, les secrets de la Couronne avaient dû circuler comme des petits pains ces vingt dernières années. Pas étonnant que la France ait perdu tant de batailles ! Il aurait bien aimé voir comment étaient les espionnes anglaises ou prussiennes, pour comparer.

– Bon, dit Suzelle. Vous m'avez vue, vous m'avez entendue, à présent donnez-moi ce que vous êtes venus m'apporter. Finissons-en.

– Comment savez-vous que nous vous apportons quelque chose ? dit Rose.

La fugitive se troubla.

– Eh bien… Si Philidor vous a envoyés, ce n'est pas pour me faire la conversation, je crois.

– Pourtant il y aurait de quoi causer, reprit la modiste. Pourquoi avez-vous fui Passy le jour où Perline a pris un bain de chaux ?

– Bande de merdaillons, murmura Suzelle Olivier.

– La triste fin de cette malheureuse n'a pas l'air de vous atteindre.

– Je la connaissais à peine, c'était la femme du gardien. Je n'ai pas l'habitude de fréquenter les domestiques.

– Vous lui avez tout de même prêté votre robe de mariée, vous vous souvenez ?
Léonard estima une petite mise au point nécessaire.
– Perline se nommait en réalité Vincelette, elle avait été gouvernante chez le président Mongeaud de Sartre jusqu'au décès de sa femme. Ça vous rafraîchit la mémoire ?
Jusque-là, Suzelle s'était montrée sur la réserve, à présent elle était nerveuse.
– Écoutez, je ne sais pas ce que vous me voulez. Soit vous me donnez mon argent, soit je m'en vais tout de suite.
Rose sortit d'une de ses poches la bourse de Guermain et la lui tendit. Suzelle la fourra dans un petit sac de cuir sans même vérifier la somme. Elle s'apprêtait à frapper à la cloison pour faire arrêter la voiture afin que ses passagers descendent. Léonard lui saisit le poignet.
– Madame, nous prenons un grand risque en vous aidant à fuir. Vous devez nous aider à mettre un point final à cette affaire.
Elle répondit qu'elle ne voyait pas de quelle manière, elle ne savait rien, n'avait rien vu et souhaitait que cela continue ainsi.
– Si vous ne savez rien, que fuyez-vous ?

– Je ne peux pas vous le dire, ce serait vous mettre en danger.

– Avez-vous tué Montaine de Maronval ?

– Non. L'assassin est un lieutenant de la garde en robe courte. Un monstre qui ne recule devant rien.

– Moulimeuf ! s'exclamèrent-ils en chœur.

– Cette brute harcelait Perline, je l'ai vu rôder autour de la maison de Passy.

– Ah, vous savez tout de même certaines choses, dit le coiffeur.

Ce qu'elle savait, c'était que cet homme terrorisait Perline. La pauvre était persuadée qu'il voulait la réduire au silence pour tranquilliser le président Mongeaud de Sartre. Elle avait témoigné pour faire classer la mort de son épouse en accident, mais en réalité c'était le président qui l'avait poussée par la fenêtre, Perline l'avait vu. Elle n'avait pas osé le contredire, elle avait répété ce qu'il lui avait ordonné de dire. Après quoi il lui avait remis une petite somme grâce à laquelle elle avait disparu à la première occasion.

– Je comprends que Moulimeuf ait tué Perline, dit Rose, mais pourquoi s'en prendre à Mme de Maronval ?

– Que sais-je ? répondit Suzelle. Parce qu'elle aussi avait été le témoin du meurtre, probablement.

Tout s'éclairait. Ils vivaient dans une cité habitée par des assassins et leurs sbires, où les témoins se taisaient par peur, changeaient d'identité, mais finissaient par périr dans des baignoires ou dans des cuves de produits chimiques.
Il ne restait plus à Rose et Léonard qu'à résoudre le cas qui les avait amenés à traverser toutes ces péripéties.
– Je vous remercie de nous avoir éclairés, dit Léonard. Vous pouvez désormais nous remettre le code de Broglie.
– Le quoi ? répondit Suzelle Olivier.
– Allons, ne faites pas l'innocente, dit Rose. Vous n'avez peut-être pas tiré sur Montaine, mais nous savons de source sûre que vous possédez un document qui ne vous appartient pas. Rendez-nous la grille de déchiffrement.
– J'ignore de quoi vous parlez, dit Suzelle avec un air d'incompréhension qui était soit authentique, soit joliment imité.
– Nous parlons du code que vous avez soustrait au comte de Broglie, dit Rose. Ne m'obligez pas à en dire davantage, il s'agit d'un secret d'État.
Suzelle pâlit.
– Je ne sais rien de tel, déclara-t-elle d'une voix qui avait perdu toute assurance.

À peine eut-elle prononcé ces mots qu'elle parut les regretter, comme si elle venait d'ouvrir une faille dans un plan réputé imparable qu'elle avait préparé de longue date. Cette faille s'élargissait de seconde en seconde pour prendre les dimensions d'un précipice où elle était sur le point de chuter.
Le coiffeur et la modiste échangèrent un regard effaré. Était-il possible qu'on leur ait menti depuis le début, que Suzelle n'ait jamais été en possession du code ? Dans ce cas, à quoi rimait cette mission ? Qui les avait manipulés ? Le comte de Broglie ? Un ministre ? La reine ?
Suzelle nous ment, se dit Léonard. Il avait l'habitude des menteuses, il en avait fréquenté beaucoup, il voulait bien admettre qu'elles avaient généralement de bonnes raisons pour ça, surtout quand elles sortaient avec lui – lui-même leur mentait d'ailleurs très volontiers, cela facilitait beaucoup leurs relations. Avec Suzelle, il tenait devant lui un beau spécimen en l'art du mensonge.
Rose avait un raisonnement différent grâce à son expérience des expressions féminines. Le visage de Suzelle ne disait pas : « Je vous raconte n'importe quoi pour obtenir un rabais sur des cotonnades à vingt sols la toise. » Il disait : « Je viens de brûler un velours hors de prix et je ne sais pas comment

cacher ma bêtise à Mlle Bertin, je vois bien qu'elle a déjà compris. »

Qu'est-ce que Rose était censée comprendre ? Quelle était la conclusion logique de tout cela ? Soudain la modiste n'eut plus qu'une seule question aux lèvres.

– Qui êtes-vous ?

Les traits de Suzelle se modifièrent une nouvelle fois, son expression passa de « je vais être coincée » à « faisons comme si de rien n'était ».

En revanche, Léonard n'y comprenait plus rien. Rose lui résuma la situation.

– Cher ami, soit Suzelle feint de ne pas connaître le code, soit elle dit la vérité et elle ne le connaît pas. Or nous sommes à peu près sûrs qu'elle l'a dérobé au comte de Broglie en son château de Ruffec. Dans ce cas, nous ne devons plus avoir qu'une seule interrogation à l'esprit : qui est cette femme et que fait-elle assise en face de nous ?

Tandis qu'elle prononçait ces mots, un voile impénétrable tombait sur les traits figés de Suzelle. La modiste poursuivit son raisonnement.

– Vous jouez votre personnage à merveille, Madame. Les gens se sont trompés sur vous. Ils vous ont décrite comme une imprudente petite gourde écervelée, incapable de se contrôler. C'est tout à fait le contraire. Vous savez donner le change, vous devez être une excellente espionne.

Léonard s'énervait. La situation lui échappait totalement. Il avait l'impression d'assister à une partie d'échecs entre deux joueurs extrêmement forts, très concentrés, alors que lui-même ne connaissait pas même les règles du jeu.

– Madame n'est pas Suzelle Olivier, elle est la femme de chambre que vous avez croisée chez Montaine de Maronval au matin de sa mort, lui expliqua Rose.

Léonard dévisagea l'usurpatrice sur la banquette devant lui.

– Si c'est le cas, vous êtes un génie du maquillage. Je ne vois rien chez vous de la petite vieille voûtée qui passait la serpillière. Je vous félicite pour votre transformation, c'est une renaissance.

– Madame n'est pas seulement un génie du maquillage, elle est aussi une actrice accomplie. N'est-ce pas ?

– Vous croyez que j'ai tué Montaine de Maronval ? demanda la fausse Suzelle.

– Je ne le crois pas, dit Rose. Je le sais.

Elle frappa à la cloison et cria au cocher de les conduire au Grand Châtelet, siège de la police parisienne. Quand elle posa à nouveau les yeux sur leur interlocutrice, celle-ci les tenait en joue avec un pistolet sorti de son manchon de fourrure.

– Vous n'arriverez pas à nous atteindre, dit Léonard. Vous avez déjà eu du mal à viser sur Montaine de Maronval dans sa baignoire.

– Dites-m'en plus sur ce code de Broglie, dit la femme au pistolet, j'ai l'impression que je possède une mine d'or sans le savoir.

Rose sentit qu'ils avaient commis une erreur. Maintenant qu'elle savait qu'elle détenait un document très convoité, la fugitive allait vouloir le négocier auprès de n'importe qui. Catastrophe ! C'était le résultat inverse de la mission qui leur avait été confiée !

– Nous ne vous dirons rien, répondit Rose.

– Nous sommes prêts à mourir pour la reine, ajouta Léonard. Surtout Madame, ajouta-t-il en désignant la modiste.

Aucun des deux ne doutait que l'espionne était capable de tirer sur eux. Rose eut une inspiration.

– Cocher ! cria-t-elle. Prenez à droite !

L'ordre était imprévu, le virage fut très sec, ils furent tous trois jetés d'un côté de la voiture. Rose et Léonard s'étalèrent chacun d'un côté de la banquette avec l'espoir que la fausse Suzelle viserait l'autre. Elle tira en effet, mais elle les manqua l'un et l'autre : la balle perça un trou dans la paroi entre les deux.

Comme ils se bagarraient pour la possession de l'arme, ils se sentirent de plus en plus ballottés. La voiture accélérait. Les chevaux s'étaient emballés à cause du coup de feu. Léonard se pencha à la portière pour commander au cocher de les calmer. Il vit le pauvre homme affalé sur son banc. C'était lui qui avait reçu la balle perdue.

– Oups, dit-il. Je crois que nous avons eu le cocher.

Ils étaient extrêmement secoués tandis que les roues heurtaient chaque bout de bois, caillou, pavé ou immondice qui encombrait la chaussée. À la première occasion, la fausse Suzelle ouvrit la portière et sauta dans une charrette de foin.

– Suzelle s'échappe ! Comment allons-nous faire ? dit Rose.

– Attendons le prochain chargement de paille pour sauter de la voiture ! dit Léonard.

Il ne s'en présentait plus. En revanche, la garde montée galopait derrière eux pour arrêter les chevaux fous. Comment allaient-ils expliquer la présence sur le banc d'un cocher percé d'une balle ?

– C'est le moment de n'écouter que votre courage ! dit Rose à Léonard.

À défaut d'écouter son courage, il écouta les ordres de la modiste. Il ouvrit la portière, s'arcbouta sur le marchepied et parvint à se hisser près du cocher, qui tenait encore les rênes entre ses doigts crispés. Il les tira à lui tant qu'il put, sans grand résultat. Rose se mit à la portière.

– Dites donc, vous n'êtes pas très bon, comme cocher !

– Ce doit être parce que je suis coiffeur !

Tandis qu'il s'ingéniait à maîtriser les ficelles de son nouveau métier, Rose, à l'intérieur de la voiture, avait tout loisir de voir se profiler les déplorables conséquences de leur position. La garde allait les interpeller, ils transportaient un corps plus ou moins mort, ils ne pourraient fournir aucune raison valable à ce sujet, il était impensable de prononcer le nom de la reine dans une arrestation crapuleuse, ils auraient des ennuis, des tracas, voire des contrariétés. Même si la protection de la Cour leur évitait un procès, c'en serait fini de leur bonne renommée. Adieu, veau, vache, Grand Mogol ! Leur sort dépendait de l'habileté d'un coiffeur à dominer deux équidés pris de panique. Rose était perdue. Que ne s'était-elle alliée pour ces enquêtes au tapissier de Marie-Antoinette ou à son

cordonnier ! plutôt qu'à ce tresseur de nattes aux deux mains gauches !
Ils arrivaient en vue d'un carrosse empanaché de plumes rose. C'était celui de la reine. Le leur était en train de ralentir, les chevaux étaient fatigués, la poursuite allait s'achever.
– Rallions-nous à son panache rose ! cria la modiste.

Marie-Antoinette avait conduit au ballet son frère, que les jambes des danseuses françaises avaient hypnotisé. Cela ne la changeait pas beaucoup de leur soirée à la Comédie-Française, où Joseph avait soutenu avec force applaudissements le talent des actrices, pour ne rien dire de leur passage à la Comédie-Italienne – gros succès, surtout pour les comédiennes italiennes.
Au moins, Joseph était content, il ne songeait plus à lui faire la morale ou à lui parler bébés entre deux leçons sur le sens du mariage. Elle avait mis le doigt sur ce qu'il aimait le plus au monde après les réformes politiques.
– L'opéra ! s'exclama-t-il. Voilà le grand art ! Ne trouvez-vous pas ?
– Je ne sais pas, répondit Marie-Antoinette. Nous avons déjà fort à faire avec certaines comédies impertinentes comme celle de M. de Beaumarchais,

ce *Barbier de Séville* où l'on profère tant d'insolences sur la noblesse… Il ne manquerait plus qu'on nous les mette en musique ![17]

Leur discussion fut interrompue par deux personnes qui se ruaient vers eux en criant : « Madame ! Madame ! »

– Tiens ! Ma modiste et mon coiffeur ! dit Marie-Antoinette en faisant signe de les laisser monter. Quel bon vent vous amène, mes amis ? Vous venez me parler de mes ajustements pour les fêtes de l'Ascension, c'est cela ?

Au moment où ils s'asseyaient en face de la reine, Rose et Léonard auraient juré qu'elle leur faisait un clin d'œil.

– Oui ! dit Rose. Nous prévoyons une robe-chasuble en l'honneur de Notre Seigneur Jésus-Christ !

– Avec des croix dans les cheveux ! dit Léonard. De grandes croix multicolores ! Devant, derrière, partout !

– Comme c'est charmant, dit la reine. Vous voyez, mon frère, mes amis travaillent pour moi jour et nuit !

---

[17] C'est ce que fera Mozart avec *Le Mariage de Figaro* du même Beaumarchais à la demande de Joseph II.

– Je vois, je vois, répondit l'empereur.
Ils travaillaient, c'était certain, mais Joseph commençait à se demander à quoi. Leur travail au service de la reine devait être bien extraordinaire pour susciter la mine ahurie des gardes à cheval que leur voiture venait de dépasser.

23
L'entêtant parfum du scandale

Après avoir discuté chiffons dans le carrosse de la reine, Rose et Léonard se firent déposer à la porte d'Enfer, d'où ils prirent un fiacre pour retourner rue Saint-Honoré. Leur nuit fut courte et agitée.

Le lendemain, au fond de son lit, coiffée de la charlotte qui maintenait sa chevelure en place, Rose se sentit poussée dans le dos par une personne qui occupait l'autre côté du matelas. Quelques instants furent nécessaires pour permettre aux brumes du sommeil de se dissiper, après quoi elle se souvint qu'elle hébergeait sur ses oreillers la créature qui lui avait donné le jour et à qui elle devait le respect – sans quoi elle l'aurait fichue dehors depuis longtemps.

– Tu dors ? demanda sa mère en la secouant comme un pommier.

– Gneu ? répondit-elle en guise de bonjour. Appelle la bonne, Maman !

Le soleil commençait à éclaircir le ciel au-dessus des toits, c'était l'heure où les gens d'Abbeville réclamaient leur chicorée, y compris ceux en visite chez les lève-tard.

– Ma petite chérie, commença Mme Bertin sur un ton qui fit sonner une trompe d'alerte dans l'esprit de sa fille.

« Ma petite chérie » était une expression aussi peu ordinaire dans la bouche de sa mère qu'un grondement du Vésuve accompagné de fumées noires, et la formule annonçait le même genre de désagrément. Elle se garda de répondre, elle émit même un ou deux ronflements pour faire croire qu'elle s'était rendormie. Hélas, c'était comme ériger une barrière de sable contre les grandes marées.

– Je sais tout, dit Mme Bertin mère.

Cette révélation suscita un trouble certain chez la modiste en chemise de nuit. Elle avait bien recommandé aux demoiselles de boutique de se montrer discrètes avec la livraison de dentelles qu'elle avait fait rentrer en douce. Sa mère ayant décrété que tout ce qui coûtait plus d'une livre la toise devait finir comme Sodome et Gomorrhe, brûlé dans les flammes de l'enfer, la patronne du Grand Mogol devait ruser pour joindre les deux bouts. Qui avait mangé le morceau ? Sa mère avait-elle des mouches parmi le personnel ? L'ambiance dans laquelle Rose baignait toute la journée la portait à supputer les pires complots.

– Je sais que tu te dévoues pour la reine, reprit Mme Bertin. Je sais que tu intrigues, que tu mens, que tu te livres à d'incroyables indiscrétions pour la bonne cause. Je suis si fière de toi !

Rose sentit une larme d'émotion rouler sur sa joue pour finir absorbée par le coton de la taie d'oreiller. Enfin la reconnaissance maternelle ! Ce qu'une splendide réussite commerciale et artistique n'avait pu lui obtenir, le mensonge et la fourberie le lui offraient aujourd'hui ! Comme les voies de Dieu, celles qui menaient au cœur d'une mère étaient impénétrables.

Quand la bonne eut apporté la collation matinale, elles partagèrent les biscuits et la chicorée en échangeant ces menus propos qui rapprochent toujours une mère et sa fille : quelle était la meilleure manière d'entrer chez les gens par effraction ? à quoi servait ce pistolet à deux canons qui était dans l'armoire ? avait-elle appris à manier le couteau à cran d'arrêt ? avait-elle déjà fait exécuter quelqu'un en petit comité dans les fossés de Vincennes ? Mme Bertin s'était alarmée de voir sa fille vendre des jupons à des marquises, mais si elle se servait de cette couverture pour étriper à

mains nues les ennemis du royaume, elle n'avait plus de reproche à lui faire. Elle comprenait à présent ces sorties nocturnes en mauvaise compagnie : ce n'était pas pour se rouler entre les draps avec des voluptueux, c'était pour leur passer une épée au travers du corps ! La morale était sauve ! Mieux encore, elle était maintenant certaine qu'un épais silence ensevelirait ces actes pour toujours, si violents soient-ils. La réputation des Bertin d'Abbeville était sauve. On pouvait même espérer que la gratitude de la reine vaudrait un jour l'anoblissement à sa chère progéniture. « Rose, baronne de la Bertinière », comme cela sonnait bien ! Qui sait, elle finirait peut-être par avoir des ducs pour petits-fils ! Quelle émotion dans la plaine picarde ! La boulangère ne ferait plus la grimace parce qu'on lui demande un délai pour lui payer ses miches ! Les fournisseurs seraient trop heureux de conserver la clientèle de la grand-mère d'un duc !
Rose eut l'impression que sa mère la prenait pour une espèce d'amazone en corset, capable d'étriper un malfrat avec un couteau à huîtres, transportant toutes sortes d'armes dans les replis de sa redingote. Après tout, c'était à peu près la vérité.
Une fois lavée et habillée, elle descendit au magasin, où elle vit que ses frères et soeurs venaient

d'effectuer certaines transformations. Tout avait repris son aspect initial, les robes à volants sur leurs cintres, les nœuds de taffetas sur les présentoirs, les fleurs artificielles dans leurs corbeilles, les échantillons de dentelles sur le comptoir… Elle éprouva le sentiment d'une renaissance après une période de deuil qui aurait duré dix ou vingt ans.
Mme Bertin considéra d'un œil satisfait l'application de ses directives. Le paravent qui protégeait les activités secrètes était rétabli. Qui pourrait deviner que sous cette apparence de frivolité se cachait une nature aussi courageuse que la sienne, même si Rose n'élevait pas comme elle une tripotée d'enfants ? Elle avait craint que sa fille n'entretienne pas des rapports très sains avec les hommes, mais si elle leur tranchait la gorge de temps en temps pour la plus grande gloire de la France, tout allait « bien ».
Tandis que les deux femmes échangeaient le baiser de la réconciliation, l'une des sœurs signala qu'elles étaient espionnées depuis la chaussée : le bord d'un chapeau dépassait du côté de la fenêtre. C'était celui de Léonard, qui n'osait pas entrer à cause de l'épisode du fouet.
– Pardon, Maman, dit Rose, je dois y aller, le service n'attend pas.

– Si tu as un souci avec ton coiffeur, dis-lui que j'ai gardé le fouet.
– Oh, jamais je n'oserai ! dit Rose.
Mais, intérieurement, elle se promit d'appliquer les conseils de sa mère.

Le coiffeur et la modiste allèrent au Gai Narcisse rendre compte au parfumeur de leur rencontre avec la prétendue Suzelle. Ils avaient deux nouvelles à lui annoncer. La bonne, c'était qu'ils avaient sauvé la bourse aux écus, Léonard l'avait récupérée dans la bagarre, à défaut d'avoir pu saisir le pistolet ; la mauvaise, c'était que cette femme n'était pas Suzelle.
Guermain n'était pas là, Gabin Valancour tenait la boutique seul.
– Vous nous rapportez l'argent ? dit-il en tendant la main vers la bourse que Léonard venait de décrocher de sa ceinture.
Le patron n'était pas venu travailler, Valancour ne l'avait pas vu depuis la veille au soir. Ils en furent contrariés. C'était un peu inquiétant, ces gens qui disparaissaient. On finissait par les repêcher dans une cuve ou dans une baignoire, et encore, quand on avait de la chance.
– Je sens un loup ! dit Rose.

– Pas ici, en tout cas, dit le premier commis. L'ambiance du jour est « myosotis ». Cette senteur se marie à merveille avec le Royal Guermain.

Royale Mélasse, plutôt, songea la modiste. *Royale Gadoue. Royale Déconfiture totale.*

Léonard avait entrepris de renifler tous les onguents, poudres et pommades en démonstration.

– Vous ne pensez pas que le Maître ait pu se rendre coupable d'un méfait, j'espère ? s'enquit le vendeur.

– En plus d'avoir créé cette gelée menthe-pomme-chou-farci ? répondit Léonard en revissant un couvercle avec une mine dégoûtée. Je l'ignore, mon bon monsieur. Demandez à Madame, c'est notre spécialiste en manigances et turpitudes.

– Je suis aussi experte en coups de pied au derrière, précisa Rose.

Gabin Valancour recommanda au coiffeur de s'essuyer les doigts après avoir manipulé les pâtes à parfumer. L'une des recettes comportait de la muscade, une noix qui devenait toxique à haute dose, il ne fallait pas porter ce produit à sa bouche. Cette préparation n'était pas assez concentrée pour causer la mort, mais son ingestion pouvait lui donner une colique qui risquerait de gâter sa belle culotte de soie.

Léonard s'essuya soigneusement à l'aide du chiffon que lui tendait le vendeur.
Puisqu'ils avaient eu la bonté de rapporter la bourse, Gabin réclama une seconde fois les écus, qu'il désirait replacer dans la caisse. Rose déclara qu'elle comptait les rendre à Guermain en personne quand ils l'auraient déniché.
– À supposer que nous le dénichions, bien sûr.
Gabin Valancour décida de les mettre sur sa piste.
– Peut-être a-t-il voulu trouver un peu de paix pour réfléchir. Quand ça lui arrive, il va à sa folie de Passy, c'est tranquille, surtout maintenant que ses habitants sont morts, emprisonnés ou en fuite. J'ai un double des clés, ajouta-t-il en ouvrant un tiroir sous le comptoir.
– Merci, dit Rose. Nous allons nous y rendre tout de suite. Vous ne nous demandez pas comment s'est passé la rencontre avec Suzelle ?
– Mais si ! Comment s'est-elle passée ?
Ils lui racontèrent leur folle équipée. Une déséquilibrée avait tenté de se faire passer pour la fiancée du parfumeur afin de leur soutirer les mille livres.
– Quelle horreur ! dit le jeune homme. Avez-vous idée de qui il s'agissait ?

– Une meurtrière, en tout cas, dit Léonard. La même qui a tué Montaine de Maronval.
– Ciel ! dit Valancour. Vous l'avez échappé belle ! Une femme qui n'a pas hésité à tirer deux balles sur cette championne du jeu de paume !
Rose se ravisa.
– Vous devriez nous accompagner à Passy. Après tout, nous n'avons aucune autorité pour entrer chez votre patron en son absence. Je préférerais que vous nous ouvriez. On ne sait pas sur quoi nous pouvons tomber. La police n'aimerait pas que nous lui annoncions un deuxième décès dans la même maison.
Gabin objecta qu'il ne pouvait pas abandonner le magasin, il n'y aurait plus personne pour accueillir les clients.
– Si votre patron est accusé de meurtre, dit Rose, vous n'êtes pas près de voir un client, la marque « Guermain » sera coulée. Le mieux que vous puissiez faire pour votre patron, c'est de nous aider à le retrouver sain et sauf.
– Mais… C'est que j'ai rendez-vous…
– Vous avez un rendez-vous plus important avec la vérité.
Valancour se résigna à fermer boutique et à les suivre. Une fois dehors, Rose aperçut deux hommes

qui les observaient depuis l'autre côté de la rue, comme s'ils avaient attendu que Léonard et elle quittent les lieux. N'était-ce pas ce rendez-vous que venait d'évoquer le petit Gabin ? Elle nota d'un coup d'œil que l'un portait un pourpoint coupé à l'allemande et l'autre un chapeau en velours brossé à la saxonne. Suzelle n'avait peut-être pas épousé un duc d'outre-Rhin, mais elle avait suscité un vif intérêt dans cette partie du monde. Ces bonshommes avaient tout d'agents secrets, peut-être à la solde du roi de Prusse.

– Vous ne voulez pas que je porte la bourse ? dit Gabin à Léonard. Elle bat à votre ceinture.

– Laissez donc, pensez-vous ! dit Rose. Pour une fois que Monsieur a la chance d'avoir de l'argent sur lui ! Ça lui donne l'impression d'avoir réussi dans la vie.

– Mais *j'ai* réussi ! se défendit Léonard.

Il se demanda si l'atelier de savonnerie de Guermain contenait encore une cuve de chaux où l'on pouvait dissoudre une dame vêtue d'une robe de chez Bertin, voire la Bertin elle-même.

Ils prirent une voiture et profitèrent du trajet pour discuter de leur affaire. L'hypothèse qui leur semblait la plus probable était que Vincelette, la gouvernante des Mongeaud de Sartre, couchait avec son patron, le président. Elle avait « suicidé » madame pour épouser monsieur, bien certaine que les relations du juge aideraient à étouffer l'affaire. Certes l'affaire avait été étouffée, mais l'idée d'épouser une meurtrière avait moins souri à Vincelette qu'elle ne s'y était attendue. Afin d'éviter des représailles, cette dernière avait quitté Paris sous l'identité de Perline et s'était rabattue sur le gardien de la folie Guermain, à Passy. Jusqu'à ce que le lieutenant Moulimeuf retrouve sa trace.

– Qu'en pensez-vous, Valancour ? demanda Rose. Donnez-nous votre avis, vous qui êtes extérieur à tout ça.

– Oh, elle a l'air bien méchante, cette Vincelette, dit le jeune parfumeur, qui avait l'air de voir les choses du point de vue d'un bisounours.

24
Le baiser de la femme caméléon

Ils firent arrêter leur fiacre à l'entrée du village de Passy et entrèrent dans le commissariat. Le commissaire François Viclocq était absorbé dans l'une des tâches principales de ses fonctions : chiquer comme un lama des Andes tout en parcourant des yeux une grande feuille de papier couverte d'annotations et de coups de tampons.

– Ah ! Vous tombez bien ! J'ai du nouveau !

Léonard fit les présentations.

– Gabin Valancour, des établissements Guermain ; Benoît Vidocq.

– François Viclocq, corrigea le policier.

Le policier avait reçu le rapport d'autopsie de Perline Despoisses, la mariée du bac de chaux.

– Une autopsie sur un squelette ? s'étonna le premier commis.

Les os ne portaient aucune marque de violences. En fait, le chirurgien avait surtout autopsié la robe de mariée. Il n'y avait pas relevé de taches de sang. En revanche, le devant portait des vomissures. Cela

sous-entendait que la malheureuse avait été empoisonnée. À l'aide d'un puissant vomitif.
– Et devinez quel genre de vomitif est utilisé en parfumerie… dit Viclocq.
– De la muscade ! répondit Léonard, qui avait failli en faire l'expérience une heure plus tôt.
– Absolument ! Il paraît que cela sert à renforcer certains mélanges. Il y en avait une boîte à moitié pleine dans la savonnerie du jardin.
De l'avis du chirurgien, l'assassin en avait utilisé un concentré. À forte dose, cette épice provoquait des brûlures stomacales brèves mais fatales, accompagnées d'un rejet de bile et de sucs gastriques.
C'était une mauvaise nouvelle pour Onésime Despoisses : le gardien avait le poison sous la main, il avait pu expédier sa chère et tendre dans l'autre monde et la plonger dans la chaux pour effacer les traces de son crime. La nouvelle n'était pas meilleure pour Philidor Guermain. Lui aussi maniait ces substances, lui aussi pouvait avoir nourri des griefs envers son éternelle fiancée volage. Le commissaire était à peu près sûr que ses supérieurs du Châtelet voudraient avoir au plus tôt un entretien avec le propriétaire de l'atelier de savonnerie.

– Vous ne l'avez pas vu, récemment ? demanda Rose.
Comme ce n'était pas le cas, ils suggérèrent au commissaire de faire un tour à la folie Guermain.

Tandis que leur voiture les emmenait au domicile de Guermain, Rose avait l'impression qu'ils étaient suivis. Elle sentait l'œil de Yahvé posé sur elle, et pourtant elle ne se souvenait pas avoir tué Abel. Elle se tourna sur la banquette pour observer la route par la lucarne de la voiture. Ce qu'elle vit l'inquiéta beaucoup.
Le cheval s'immobilisa devant la grille du parc, qui était fermée. Quand Gabin Valancour l'eut ouverte, ils longèrent l'allée arborée qui menait à la maison. Tout était silencieux. La porte d'entrée était grande ouverte. Ils traversèrent le vestibule et le salon, qui était jonché de bouteilles vides. En revanche, ils ne virent aucun verre sale.
Une chanson entonnée sur un timbre tonitruant de baryton les attira vers l'arrière. Une table couverte d'autres bouteilles avait été tirée sur la terrasse qui surplombait le jardin. Le parfumeur était affalé dans un fauteuil qu'il avait dû installer là pour continuer ses libations au soleil. Il était d'humeur chantante, mais son répertoire laissait à désirer.

La digue du cul en revenant de Nantes,
De Nantes à Montaigu, la digue, la digue,
De Nantes à Montaigu, la digue du cul !

Philidor Guermain ne sentait pas le savon à la muscade, plutôt le vin et la transpiration.

– Dites-moi que vous venez réclamer vos deux cents livres de gratification ! leur lança-t-il d'une voix avinée. Dites-moi que vous pouvez prouver l'innocence de Suzelle !

Léonard poussa les hauts cris : Rose ne lui avait pas parlé de la petite prime.

– Parce que vous auriez risqué d'être intéressé, répliqua la modiste. Il ne faut pas tendre un tonnelet à un ivrogne.

– De toute façon, dit le coiffeur avec humeur, j'ai le regret de vous dire que nous avons échoué à prouver l'innocence de votre belle amie. C'est même tout le contraire : elle avait chargé une complice de vous extorquer vos écus !

La nouvelle jeta le pauvre homme dans un regain d'affliction, il entama un Miserere sépulcral encore plus gênant que la chanson précédente. Rose l'interrompit d'une voix tranquille et assurée.

– N'écoutez pas Monsieur, il ne sait pas ce qu'il dit à cette heure de la journée. Au contraire, nous sommes tout à fait en mesure de prouver

l'innocence de Suzelle. Seulement je ne suis pas certaine que cela vous fasse plaisir.
Philidor Guermain s'en félicita mollement. Il n'avait pas les idées très claires après une nuit blanche et un nombre indéterminé de bouteilles disséminées sur les tables de sa maison.
– Dois-je me préparer à une mauvaise nouvelle, Gabin ?
Gabin répondit qu'il n'en savait rien. Rose tiqua.
– Vous devriez pourtant être le premier à le savoir, Valancour.
Le commis lui jeta un regard apeuré mais resta coi. Rose reprit la parole.
– Nous n'avons pas vu Suzelle la nuit dernière parce qu'elle est morte depuis un mois.
Guermain se pétrifia sur son fauteuil, les mains crispées sur les accoudoirs.
– Morte comment ? parvint-il à articuler.
– Dans la chaux. Après un mois là-dedans, elle n'avait plus que la robe sur les os. Comme sa Perline avait disparu, Onésime Despoisses a perdu la tête, il a cru que c'était sa femme qu'il voyait là.
– Mais la couleur des cheveux était celle de Perline… objecta Léonard. Suzelle était blonde !
– Ah, les hommes ! dit Rose. Même vous, un coiffeur, vous vous laissez abuser par vos propres

artifices ! C'est vous qui m'avez mise sur la piste en parlant de la blondeur de vos clientes. Blond ceci, blond cela… De la teinture, tout ça !
Léonard réfléchit un instant. Elle avait raison. Les teintures qu'il utilisait étaient excellentes, mais certains produits les dégradaient. Il recommandait à ses clientes d'éviter les savons acides. Alors de la chaux ! Ses couleurs n'étaient pas conçues pour subir de telles agressions. Au contact de la chaux, les cheveux avaient repris leur nuance naturelle, le blond « Léonard » avait cédé la place au brun « Suzelle ». Puisque Perline était brune, le mari n'avait pas douté d'avoir sous les yeux les restes de son épouse. Et Perline avait laissé un mot d'adieu. Ils s'étaient querellés. Il l'avait attendue si longtemps qu'il était mûr pour la voir dans la première dépouille qui lui tombait sous ses yeux. Sans parler du choc causé par cette découverte.
– Excusez-moi, dit Gabin Valancour d'une voix sèche, mais vous m'avez dit que Montaine de Maronval avait soupé avec Suzelle le soir-même de sa disparition. Il faut donc que son fantôme soit allé manger dans ce relais de poste.
Rose s'apprêtait à répondre, Léonard l'arrêta de la main.

– Laissez-moi deviner, je commence à comprendre. Montaine de Maronval a soupé avec une femme qui ressemblait vaguement à Suzelle, qui s'était coiffée comme elle et qui portait ses vêtements. Mais personne n'a prétendu qu'il s'agissait de Suzelle. Ce pouvait être une personne que Montaine connaissait du temps où celle-ci habitait en face de chez elle : par exemple la gouvernante des Mongeaud de Sartre, Vincelette Montouillaut, alias Perline.
– Bravo, dit Rose. Vous voyez, j'ai une bonne influence sur vous, finalement : vous devenez un peu plus intelligent chaque jour. Vous pouvez conclure que si Perline a pu prendre la place de Suzelle, c'était parce qu'elle l'avait tuée deux heures plus tôt. En l'absence du gardien, les deux femmes étaient seules dans cette maison. L'une d'entre elle en est sortie vivante, mais pas celle que nous avons cru.
– Avez-vous des preuves de tout ça ? s'enquit Gabin.
– Ah, oui, c'est vrai, ça ! renchérit son patron, à qui il aurait été judicieux de confisquer la bouteille. Des preuves, ça serait bien pour me convaincre.
– Sur une telle quantité de crimes, je ne suis pas inquiète, les preuves abondent. Perline, autrement dit Vincelette, faisait marcher les hommes à la

baguette. Elle les aurait fait sauter à travers des cerceaux si elle avait été dompteuse à la foire Saint-Germain. Et certaines femmes de même, au besoin. Elle a tué avec une très grande facilité. Tous ceux qui se dressent en travers de son chemin ignorent à quel point ils sont en danger. Elle a empoisonné Suzelle et jeté le corps dans la chaux. Elle a volé les vêtements et imité la coiffure de sa victime pour détourner les soupçons. Au relais, elle est tombée sur Montaine de Maronval, qui la connaissait. Elle en a profité pour prendre pension chez la championne pendant un mois. Quand nous avons commencé à remuer cette ténébreuse affaire, elle s'est débarrassée de Montaine, qui risquait de comprendre l'entourloupe et de la dénoncer.

– Quelle horreur ! dit le parfumeur avant d'émettre un « burp » plein de tristesse. Dieu sait où elle peut être, à présent, cette sorcière !

– Pas loin, dit Rose. Maintenant réfléchissez bien, Maître Guermain. Savez-vous combien de balles ont été tirées sur Montaine dans sa baignoire ?

– Et comment le saurais-je ? Croyez-vous que j'y étais ? dit le parfumeur en essayant d'attraper la bouteille que Léonard avait éloignée de lui.

– Bonne réponse, dit la modiste. Tout le problème est là. Ne vous ai-je pas précisé ce détail lorsque je

suis venue vous raconter le drame à la maison de bains ?
– Pas que je me souvienne. Les détails de notre conversation ne se sont pas gravés dans ma mémoire, j'avais commencé ma cure de genièvre.
– Dans ce cas, si vous l'ignorez, comment se fait-il que Gabin Valancour nous ait précisé tout à l'heure que l'assassin avait tiré deux balles sur Montaine ? Vous possédez une boule de cristal, Valancour ?
– C'est M. Guermain qui me l'a dit ! s'exclama le premier commis. Il a oublié ! Il ne dessoûle plus ! Regardez-le ! Une loque ! Une chiffe ! Un rebus !
Sous l'effet de l'émotion, la voix du petit boutiquier avait grimpé dans des aigus qui n'avaient plus rien de viril. Les deux hommes le contemplèrent avec surprise, comme ils l'auraient fait d'un monsieur qui perd sa perruque et dont on s'aperçoit qu'il est complètement chauve.
– Voici Vincelette Montouillaut, annonça Rose. Elle a créé Gabin Valancour, elle a aussi créé Perline, elle a même créé la femme de chambre que Léonard a aperçue chez Montaine. Je vous présente la femme caméléon.

25
Mortelle odeur

La stupéfaction générale rendit tout le monde muet pendant quelques instants. Le parfumeur se dégrisait à vue d'œil.
– Allons ! Je m'en serais aperçu, depuis un mois qu'il travaille pour moi !
– Si vous ne me croyez pas, vous n'avez qu'à vérifier… suggéra la modiste.
Guermain fit le mouvement de se lever, mais son premier commis se mit à pousser des cris qui tenaient plus de la biche aux abois que du brame d'un cerf, le soir, au fond des bois. La perplexité immobilisa le parfumeur. Rose lui fit signe de se rasseoir.
– Inutile de vous livrer à des actes qui ne sont pas d'un gentilhomme. Nous avons ici trois meurtrières dans un seul corps. Je pense que sous sa véritable identité, Vincelette a poussé dans le vide Mme Mongeaud de Sartre ; que sous celle de Perline, elle a empoisonné Suzelle Olivier ; que sous celle de la femme de chambre, elle a mitraillé Montaine de Maronval. Et celle de Gabin Valancour devait lui

servir à vous soutirer un millier de livres. Tout en faisant porter le blâme à une morte qu'elle avait tuée de ses mains ! Si vous étiez couturière, ma chère Vincelette, je dirais que votre travail est un chef-d'œuvre digne du compagnonnage ! Dommage que l'ourlet ait lâché ce matin quand j'ai tiré dessus.
– Je ne peux toujours pas le croire, dit Guermain, chez qui l'accablement remplaçait l'ébriété.
Un pistolet apparut dans la main de Gabin Valancour.
– Ah ! dit Rose. Des accessoires ! Tant mieux ! Maître Guermain, vous ne connaissiez pas Vincelette, mais vous reconnaîtrez sûrement cette arme. C'est ce bel objet de petit calibre que vous avez offert à Suzelle. Notre amie ici présente s'en est servie pour expédier Montaine au paradis des joueuses de paume. Dites-moi, demanda-t-elle à la personne qui les tenait en joue, comptez-vous nous tuer tous les trois avec votre canon vide ?
Léonard s'étonna.
– Comment savez-vous qu'il est vide ?
– Parce que notre amie a coincé ce pistolet dans sa ceinture avant de quitter le Gai Narcisse en notre compagnie. Or ces objets ont la gâchette chatouilleuse. Je ne crois pas qu'elle aurait pris ce risque si les balles avaient été à l'intérieur. Je pense

qu'elle les a dans sa poche et qu'elle n'a pas eu le temps de recharger depuis qu'elle est avec nous.
La femme au pistolet perdait de son assurance à chaque instant.
– Ainsi tu as tué ma Suzelle… dit Guermain en se redressant à nouveau, la mine menaçante.
Gabin-Vincelette recula d'un pas. Le mouvement qui agitait son arme trahissait sa nervosité.
Ils entendirent un bruissement du côté de la futaie.
De sa main libre, la meurtrière retira de sa veste une liasse de documents qu'elle agita en direction des arbres.
– Aidez-moi ! J'ai les documents ! Ils sont à vous !
Léonard et le parfumeur tournèrent la tête. Des bonshommes étaient embusqués dans le jardin. Le bas d'un pourpoint, une épaule et le rebord d'un chapeau dépassaient d'un tronc ici et là.
Un coup de feu éclata. Guermain retrouva son agilité d'avant sa beuverie pour se précipiter derrière son fauteuil. Rose renversa la table, se mit à l'abri derrière, où elle fut bientôt rejointe par le coiffeur.
– Faites-moi un peu de place ! implora ce dernier.
– Mais bien sûr ! Tenez, mettez-vous devant moi !
Les messieurs qui les espionnaient de loin n'avaient apparemment pas été payés pour risquer leur vie, ils

s'enfuirent à toutes jambes sous les balles dont les criblait un invisible assaillant.
Le commissaire Viclocq et le lieutenant Moulimeuf apparurent sur la terrasse, fusil au poing. Comme chacune des deux armes ne pouvait tirer que deux coups, la fusillade était finie. Les courageux embusqués derrière la table et le fauteuil constatèrent que Vincelette-Gabin avait disparu. Où était-elle passée ?
Un craquement suivi d'un cri leur parvinrent de l'atelier de savonnerie. Viclocq ouvrit la porte avec le pied. Le pavillon paraissait vide. Le couvercle d'un vaste pétrin installé dans le fond de l'atelier était crevé. Ils l'ouvrirent en espérant ne pas y trouver une Vincelette cuite à la chaux. Elle gisait là, inanimée, dans une épouvantable puanteur qui les repoussa tous.
– Qu'est-ce donc que cette odeur atroce ? dit Léonard, un mouchoir sur la bouche.
– Le produit a tourné, expliqua Guermain, j'ai un peu dépassé les délais d'utilisation…
Rose leva les yeux. La paroi était percée d'une lucarne qui donnait sur la rue. Vincelette était montée sur ce pétrin pour l'atteindre, le couvercle avait cédé sous son poids.

– Quiconque vécut par le glaive périra par le glaive, dit Guermain en guise d'éloge funèbre.
– La pauvre femme ! dit Léonard à travers son mouchoir. C'est de la chaux ? Elle va fondre ?
– Non, c'est de la poudre d'orpiment, une roche qui contient de l'arsenic, du mercure et de l'antimoine. Quand le produit est concentré, ses vapeurs sont toxiques. Comme je n'ai plus mis les pieds ici depuis un mois, ça a eu tout le temps de se dégrader…
Il n'y était pas venu en raison de la disparition de Suzelle, Vincelette avait été victime de son propre méfait. Ce merveilleux artiste en senteurs qu'était Guermain constituait un danger vivant.
Ils sortirent respirer dans le jardin, où Moulimeuf faisait le guet en cas de retour de l'invasion d'espions.
– Ah ! Notre lieutenant de la garde en robe courte ! dit Rose. Vous ne venez pas m'arrêter pour racolage, aujourd'hui ?
Il était venu fouiner à la recherche de Vincelette, juste à temps pour prêter main-forte à son collègue dans son combat contre le crime.
– Vous trouverez Mlle Vincelette Montouillaut dans la savonnerie, voire dans le pétrin, l'informa Rose, mais il est trop tard pour l'interroger.

– Il me reste vous, dit Moulimeuf.
– Je vous ferai un résumé. Vous en aviez après elle pour des motifs légaux, n'est-ce pas ? Vous ne travaillez pas du tout pour le président Mongeaud de Sartre ?
Le lieutenant de la garde en robe courte avait voulu élucider la mort de la femme du président avec l'espoir d'obtenir une promotion. Depuis un an il essayait de comprendre ce qu'était devenue la gouvernante en fuite. Il demanda :
– Que s'est-il passé, ici ?
Léonard lui expliqua l'ultime rebondissement de la vie de Vincelette. La veille au soir, elle avait appris qu'elle détenait un document de valeur, elle savait enfin pourquoi on la poursuivait depuis quelques jours. Sans doute avait-elle fait porter un message à quelques ambassades étrangères dans le but de négocier ce papier. Heureusement, le temps lui avait manqué.
– Grâce à l'intervention du commissaire Lacloque ! conclut Léonard.
– François Viclocq ! corrigea le policier.
Rose avait d'abord soupçonné Gabin de s'être entendu avec la fausse Suzelle pour escroquer son patron. C'était pourquoi elle n'avait pas voulu lui rendre le sac d'écus dans la boutique du Gai

Narcisse. Puis il avait fait allusion aux deux balles de pistolet tirées sur Montaine.

– Mais comment avez-vous su que ce jeune homme était une femme ? demanda Viclocq.

– À sa culotte ! Le tissu plissait bizarrement sur l'arrière ! Jamais des fesses d'homme n'auraient fait un tel pli, regardez !

Elle fit faire à son acolyte un tour sur lui-même. À la grande confusion de la modiste, chacun put alors constater que, selon ses critères, Léonard était une femme. Le raisonnement de Rose ne valait pas pour tout le monde.

François Viclocq ramassa sur le sol les documents qu'avait brandis Vincelette avant de se réfugier dans la savonnerie. Rose tendit la main.

– Vos supérieurs n'ont pas besoin de ces pièces, commissaire.

– Quelles pièces ? répondit Viclocq en les lui remettant.

Viclocq était décidément peu cultivé pour un membre de la police. Il ne savait pas que les « pièces » pouvaient désigner autre chose que des écus.

Rose se demanda si la reine lui commanderait un pouf « au code secret » pour fêter ça.

26
Splendeurs et misères des courtisans

Ce matin-là, dans les petits appartements de Versailles, Rose et Léonard préparaient la reine pour ses adieux à l'empereur. Il lui fallait une tenue sobre, un peu nostalgique sans être triste. C'était ce genre de défi qui faisait d'eux des collaborateurs irremplaçables. Cela et la réussite de leur dernière mission, qu'ils lui résumèrent tout en crêpant et cousant. Rose saisit l'occasion.
– Léonard va tout vous raconter, Madame. Il a l'esprit de synthèse bien mieux que moi, j'en profiterai pour finir nos ajustements.
Comme elle estimait avoir mené l'enquête du début à la fin, cet imbécile de coiffeur allait se rendre ridicule. Avec un peu de chance, Sa Majesté se débarrasserait enfin de l'incapable.
À sa grande surprise, ce dernier résuma le parcours criminel de la meurtrière d'une voix tranquille, tout en arrangeant sur cette tête majestueuse des boucles dignes de la couronne.

– Le lieutenant Moulimeuf s'efforçait de prouver que Vincelette avait assassiné Mme Mongeaud de Sartre en la poussant par la fenêtre, il comptait sur cette enquête pour faire avancer sa carrière. De son côté, Vincelette avait changé de prénom pour épouser le gardien Onésime Desboisses ou Destroisses, je ne sais plus. Au bout d'un an, Moulimeuf avait fini par retrouver sa trace. Vincelette avait alors empoisonné Suzelle, ce qui lui permettait de se faire passer pour elle. Elle avait emporté les affaires de Suzelle pour faire croire à son départ, sans savoir qu'elle emportait du même coup le code de Broglie volé par cette espionne.
– Il est regrettable que cette Suzelle soit décédée, dit la reine. Nous aurions pu la recruter.
– Au relais de diligences, poursuivit Léonard, la fausse Suzelle a distribué de gros pourboires afin qu'on se souvienne de son passage. Elle a rencontré Montaine, qui la connaissait du temps où elle était la gouvernante du président Mongeaud de Sartre. Elles ont soupé ensemble, puis Vincelette est montée dans la malle de Strasbourg ; mais elle en est descendue au premier arrêt pour rentrer à Paris sous les traits de Gabin Valancour. Elle s'était formée à la parfumerie en aidant son mari Onésime à concocter des savons à Passy. Elle s'est fait

engager par Guermain au poste laissé vacant par sa victime, afin de se cacher et de lui soutirer de l'argent. Exit Perline la fugitive, exit Suzelle la voleuse de code secret, bonjour Gabin l'employé androgyne ! Qui aurait pensé la retrouver sous ce costume ? Et tout ce temps-là elle logeait chez Mme de Maronval, où j'ai retrouvé des vêtements des deux sexes.

– Tiens, voilà une idée de travesti pour mon prochain bal du lundi… dit la reine.

Rose fit signe à Léonard de changer de sujet, elle n'avait aucune envie de créer des habits d'homme pour Marie-Antoinette. Ses bonnets ornés faisaient déjà assez scandale !

– Quand nous avons commencé à enquêter, Montaine s'est posé des questions. Vincelette-Gabin l'a donc tuée peu avant mon arrivée et s'est échappée en se faisant passer pour une vieille femme de ménage. Vincelette avait été actrice, elle prenait différentes identités avec habileté, selon la nécessité. Son interprétation de Gabin Valancour fut sa création la plus audacieuse.

– Donc vous pensez que vous pourriez me maquiller en homme ? insista la reine. Aïe !

La modiste venait malencontreusement de la piquer avec une épingle.

– Que Votre Majesté me pardonne, c'est M. Léonard qui me trouble avec son histoire. Il raconte si bien !
Elle fit signe au coiffeur de reprendre coûte que coûte.
– Comme nous ne cessions d'enquêter sur ses multiples avatars, Vincelette a décidé de s'exiler une fois pour toutes. Il lui fallait de l'argent. La boutique du Gai Narcisse recelait plusieurs lettres de la main du Suzelle. Elle a contrefait son écriture afin de pousser Guermain à lui verser une somme importante. Elle possédait aussi le sceau monté en bague de Suzelle depuis qu'elle avait quitté Passy avec ses bijoux. Si le parfumeur avait confié la bourse à Gabin, comme le lui suggérait le billet, elle n'aurait même pas eu à se faire passer une dernière fois pour Suzelle, il lui aurait suffi de s'éclipser !
– Et nous n'aurions jamais récupéré le code de Broglie ! conclut Rose.
L'huissier annonça un visiteur.
– M. le marquis de Pezay !
Le marquis exécuta les trois révérences protocolaires qu'il convenait de faire quand on approchait la reine. Il était fort ravi d'avoir été convoqué. Cette audience privée signifiait que ses

affaires se portaient bien. Il entrevoyait déjà son portefeuille de ministre de la Guerre.

– On m'a vanté vos mérites, Monsieur, dit Marie-Antoinette sans cesser de se faire coiffer.

– Le roi me fait l'honneur de me faire espérer le ministère de la Guerre… dit Pezay.

– Je parlais de vos mérites auprès de la princesse de Montbarrey.

Pezay resta interdit. Il couchait avec Mme de Montbarrey pour avancer son pion au château, il n'avait pas cru que la nouvelle monterait si haut, ni que la reine lui en ferait la remarque.

– Nous allons nommer à la Guerre M. de Montbarrey. Vous lui devez bien cela, je pense.

– Madame, permettez-moi de…

– Par ailleurs, vous rendrez au roi toutes vos charges à la Cour.

Pezay se décomposa.

– Mais Madame, je croyais avoir la faveur du roi…

– Ma faveur à votre endroit consistera à m'abstenir d'informer le roi de votre trahison. Je sais que vous avez incité une espionne nommée Suzelle Olivier à dérober le code de Broglie. Un code que vous tentiez de négocier auprès de l'empereur à deux pas de mes appartements ! Partez, Monsieur, ne revenez jamais.

Le marquis s'empourpra.
– Vous ne pouvez pas ! C'est un déni de justice ! Je connais Voltaire !
– Très bien. Portez-lui notre bonjour dans son village de Ferney. Et quand vous aurez fini, allez donc vous installer sur vos terres de Pezay.
– Mais il n'y a rien, là-bas ! Qu'irai-je faire à Pezay ?
– Peu m'importe. Mourez-y, si vous voulez.
C'était une prédiction. Il y mourut en effet avant la fin de l'année, d'ennui et d'arsenic.
Peu après son départ, la porte du boudoir s'ouvrit à nouveau et un huissier annonça « M. le comte Falkenstein ». Joseph se présentait plus tôt que prévu pour leurs adieux.
– Ne devions-nous pas nous retrouver chez le roi ? demanda Marie-Antoinette.
– Je voulais d'abord vous féliciter, ma chère sœur. Je viens d'apprendre la grande nouvelle !
– Quelle grande nouvelle ?
– Eh bien ! Ce code de Broglie que vous avez récupéré ! Quelle fine opération vous avez mcnée ! Mc voilà consolé d'avoir perdu la partie !
Il avait eu deux agents blessés dans un jardin de Passy. L'un avait reçu du plomb au derrière tandis qu'il se battait comme un lion pour la gloire de

l'Autriche, l'autre s'était foulé la cheville en se réfugiant courageusement dans un fossé.
– Je leur décernerai une décoration. Oser s'opposer à ma sœur, ça mérite bien ça !
Il l'embrassa, il était ravi.
– C'est extraordinaire comme les femmes de notre famille ont le sens politique chevillé au corps !
– Vous disiez que je ne devais me mêler de rien dans ce royaume…
– Parce que je vous croyais idiote !
– Ah. Merci, alors.
– Je vous croyais stupide ! Complètement bouchée ! Bête à manger du foin !
– Oui, oui, j'ai compris.
– Mais si vous êtes assez maligne pour monter un réseau, c'est parfait ! Je suis charmé de vous voir en mesure de servir les intérêts de l'Autriche !
– Oui, oui.
– N'oubliez pas votre pays !
– Non, non.
Ce qu'il oubliait, lui, c'était qu'elle était ici pour y rester, qu'elle ne reverrait jamais l'Autriche et que, son pays, c'était la France.
– Ce qui me réjouit le plus, c'est que votre benêt de mari va souffrir comme je souffre à cause de notre mère ! Toujours à contrecarrer mes initiatives !

Toujours à comploter dans mon dos ! Il ne va pas faire de vieux os, le gros !
L'heure était justement venue de rejoindre « le gros » pour les adieux officiels.
– Comment, vous nous quittez déjà ? feignit de s'étonner Louis XVI, qui comptait les jours depuis des semaines.
Joseph désirait poursuivre son périple à travers la France. Son programme de visites était chargé : la Normandie, la Bretagne, le Languedoc, Marseille et Toulon.
– Vous avez une prédilection pour les contrées maritimes, fit observer sa sœur.
– Oui, je tiens à voir de près tous vos ports de guerre, j'ai une passion pour l'architecture navale et pour les voiliers de combat.
Louis XVI ayant repoussé l'idée que son beau-frère pût vouloir se livrer à l'espionnage, il lui avait remis un laissez-passer qui lui dévoilerait toutes les installations militaires qu'il voudrait. Marie-Antoinette leva les yeux au ciel.
Les courtisans les guettaient, aussi le jeune couple prit-il soin d'afficher des figures éplorées. Les gazettes du lendemain reprendraient le récit de ces adieux avec des formules du genre : « La reine avait

du mal à cacher ses larmes », « Vive émotion du roi au moment d'embrasser son beau-frère ».

– Donc, nous sommes d'accord sur la guerre contre les Turcs ? dit ce dernier. Vous aiderez l'Autriche ?

– Oui, oui, dit Louis XVI, qui était d'accord avec ses ministres pour aider l'Autriche à abandonner tout projet d'expansion.

Joseph avait prévu un petit cadeau d'adieu.

– Ma chère sœur, je vous ai préparé un mémoire qui vous rappellera vos devoirs d'épouse, de reine et d'archiduchesse.

Marie-Antoinette le remercia et confia le mémoire, une centaine de pages couvertes d'une écriture serrée, à sa dame d'atours, qui manquait toujours de vieux papiers pour allumer le feu.

– Vous devriez faire le même voyage que moi, conseilla Joseph à son beau-frère. Si vous venez en Autriche, je vous promets une fête à tout casser. Venez à l'époque de la foire à la saucisse ! On danse en rond dans les rues de Vienne, une chope de bière à la main !

– C'est que je n'ai guère de temps, répondit Louis XVI, j'ai un pays à gouverner…

– Moi j'en ai huit et j'arrive quand même à m'amuser ! répondit l'empereur.

Dix minutes plus tard, la disparition de son carrosse dans l'avenue ne les attrista pas, comme ils l'avaient prévu.

– Bon, dit le roi en rempochant le mouchoir sec avec lequel il s'était tamponné les yeux devant les commentateurs. Ce n'est pas tout ça, mais j'ai une horloge à remonter.

La reine décida de se reposer une journée à Trianon en compagnie de ses amies les plus proches. Elle ne manquait pas de lectures, maintenant qu'elle tenait la grille de décodage des correspondances secrètes : toute une malle de dossiers à consulter !

Elle comptait écrire un peu, aussi. Par exemple à cet aimable Suédois qu'elle aurait bien aimé voir plus souvent à Versailles. Elle ne souhaitait pas que les agents de son frère soient en mesure de déchiffrer les lettres qu'elle allait échanger avec le comte Axel de Fersen. Même les reines avaient besoin de préserver une petite part de vie privée.

*

Au Grand Mogol, Rose avait recréé une devanture garnie de frivolités indispensables, de cotillons d'un intérêt primordial pour le moral de ses clientes, de poufs à se poser sur la tête sans lesquels elles auraient eu l'impression de vivre à l'époque de leurs grands-mères. Cela expliquait le grand nombre de dames massées sur la chaussée pour admirer la nouvelle présentation.

– Bon, dit Léonard, vous n'allez pas faire faillite, finalement. Et ce n'est pas demain que je vais m'agrandir.

Devant la porte se tenait un homme en livrée verte à galon d'or chargé d'ouvrir aux clientes.

– Je ne crois pas que vous ayez besoin d'un portier pour inciter les gens à entrer chez vous.

– Non, dit Rose, c'est pour tenir à l'écart les membres de ma famille. Je lui ai donné des instructions. Nos rapports se sont rétablis mais pour que cela dure, mieux vaut nous abstenir de nous fréquenter.

– Vous êtes toujours fâchée que votre mère vous ait soupçonnée d'avoir un amoureux caché ?

– Non, je lui ai pardonné, dit Rose, en gagnant l'escalier intérieur qui menait à son appartement. De toute façon personne ne l'aurait crue.

Elle avait une lettre à écrire à un monsieur de sa connaissance pour lui annoncer qu'ils pouvaient enfin se revoir.

Mais, cela, c'était une autre histoire.

Depuis Louis XIII, la perruque est de rigueur pour les hommes. Pour éviter au mieux que les parasites ne viennent à s'y loger, on rase le crâne de monsieur et on l'enduit d'une préparation à base de saindoux. Il ne reste plus alors qu'à « accommoder » l'intéressé : tandis qu'il est affublé d'un masque conique appliqué sur le visage et qu'un drap protège ses vêtements, sa perruque reçoit un nuage de poudre de la couleur désirée. La mode est à l'amidon et à la farine, qui offrent un blanc du meilleur ton.
Collectif, *Les Heures du jour*

Les coiffures parvinrent à un tel degré de hauteur par l'échafaudage des gazes, des fleurs et des plumes, que les femmes ne trouvaient plus de voitures assez élevées pour s'y placer et qu'on leur voyait souvent pencher la tête ou la placer à la portière. D'autres prirent le parti de s'agenouiller pour ménager, d'une manière encore plus sûre, le

ridicule édifice dont elles étaient surchargées. Des caricatures sans nombre exposées partout et dont quelques-unes rappelaient malicieusement les traits de la souveraine attaquaient inutilement l'exagération de la mode ; elle ne changea, comme cela arrive toujours, que par la seule influence de l'inconstance et du temps.
Mme Campan, *Mémoires*

Les femmes se mettaient alors de la poudre d'iris un peu plus que blonde, ce qui fait qu'elles avaient toutes l'air rousses.
Baronne d'Oberkirch, *Mémoires*

La couleur à la mode de cette année est celle qu'on appelle « les yeux du roi ». Elle est cependant « lilas foncé » ; or il est bien certain qu'aucun roi n'eut les yeux de cette couleur.
Comte de Caraman, *La Cour et la Ville*

La reine a traversé Paris hier matin avec quatorze cabriolets, le sien compris ; tout cela allait dans la forêt de Bondy en partie de chasse, qui n'était que le prétexte ; le véritable objet était de rencontrer l'empereur. Ce même cortège est passé sur les boulevards l'après-midi par une pluie affreuse ;

comme les voitures étaient découvertes, et qu'on n'y était garanti que par des parasols, tous les chapeaux et les plumes ont été gâtés, renversés, abîmés ; les dames étaient enveloppées dans des redingotes d'hommes. Ce désordre faisait rire la reine et l'amusait beaucoup. On a jugé que par cette aimable étourderie elle a voulu démentir dans le public les bruits qui couraient qu'elle craignait les reproches de son frère, ennemi de la joie et des parties folâtres.
Bachaumont, *Mémoires secrets*

Tout en aimant le luxe à la folie, Marie-Antoinette appréciait surtout les eaux simples, comme l'eau de fleur d'orange dite *du Roi*, créée pour Louis XV. Elles passaient pour avoir une vertu apaisante. La reine goûtait les bienfaits de l'essence de lavande, très en vogue, et de l'essence de citron. Elle en faisait mettre quelques gouttes dans son bain et dans des cassolettes pour purifier ses appartements. Elle choisissait des vinaigres aromatisés. Ses femmes gardaient toujours à portée de main de petites boîtes dites « vinaigrettes » afin de les présenter à leur maîtresse en cas d'émotion vive ou de malaise. A l'intention de Marie-Antoinette, Fargeon confectionnait surtout des eaux spiritueuses de rose,

de violette, de jasmin, de jonquille ou de tubéreuse obtenues par distillation à l'esprit de vin après infusion. Il les intensifiait avec du musc, de l'ambre ou de l'opopanax. La reine ayant pris le goût des parfums concentrés, il créait pour elle des *esprits ardents* qui venaient de plusieurs distillations successives. La dame d'atours en passait souvent commande pour parfumer l'air, ainsi que de pastilles à brûler et de pots-pourris aux mille-fleurs. La reine avait grand soin de sa peau. L'eau cosmétique de pigeon la nettoyait, l'eau des charmes, faite avec les larmes de la vigne qui coule en mai, la tonifiait. L'eau d'ange la blanchissait en purifiant le teint. Elle enduisait se ès mains de la pâte royale qui en maintenait la douceur et prévenait les gerçures. Elle adorait les pommades à la rose, à la vanille, à la frangipane, à l'œillet ou au jasmin. Pour le bain, elle usait de savonnettes aux herbes, à la bergamote. Pour maintenir l'éclat de ses dents, elle commandait des poudres et des préparations au pavot. Le maître parfumeur conçut une poudre et une pommade à la reine qu'il ne vendait à personne d'autre qu'elle.
Elisabeth de Feydeau, *Jean-Louis Fargeon, parfumeur de Marie-Antoinette*

Fargeon n'eut pas de peine à se faire introduire par une de ses pratiques auprès de Léonard au prétexte qu'il l'admirait. Il eut l'impression de rencontrer l'un des petits marquis à rubans dont s'était moqué Molière. « Je travaille du peigne et de l'esprit », aimait-il à répéter en se proclamant pompeusement « académicien de coiffures et de mode ». Le coiffeur tira plus d'avantages que le parfumeur de leur collaboration. Il était d'une rare ladrerie et n'avait jamais d'argent pour régler. Il appréciait et vantait les pommades et la poudre à la Fargeon, mais il se gardait bien de les payer. Fargeon eut de meilleures relations avec Mlle Bertin, qui était fantasque et brouillonne, mais fidèle en amitié.
Elisabeth de Feydeau, *Jean-Louis Fargeon, parfumeur de Marie-Antoinette*

Nous savons aujourd'hui que Marie-Antoinette et le comte Axel de Fersen ont correspondu par messages chiffrés. Il s'agissait de longues suites de lettres sans signification apparentes rédigées à l'aide d'un code poly-alphabétique inventé par le physicien Giovanni Porta. Ce système est parfois utilisé par les enfants pour coder des messages grâce à de petites roues en carton. Il faut écrire l'alphabet tout autour d'une roue de manière à ce que le Z rejoigne le A ; puis fixer par-dessus cette roue une autre, plus petite et mobile, portant elle aussi l'alphabet. Si on fait tourner la petite roue, les deux alphabets se décaleront : le A correspondra par exemple au L et le B au M, et ainsi de suite. Giovanni Porta a compliqué le principe en soumettant le code à un mot-clé. Si le mot-clé est « lion », il faudra faire coïncider la lettre L de la petite roue avec le A de la grande pour chiffrer la première lettre du message. Pour coder la deuxième lettre du message, il faudra tourner la petite roue de façon que le i de lion coïncide avec le A, et ainsi de suite. Le fait que le code change à chaque lettre rendait le texte difficile à décrypter. De plus, Marie-Antoinette et Fersen renouvelaient le mot-clé à chaque message (« courage », « vertu », etc.). Nicolas Bion, ingénieur de Louis XIV, avait inventé un disque codant en argent pareil aux roues en carton citées plus haut. Une fois déchiffrées, les lettres révèlent des formules telles que : « J'existe mon bien aimé, et c'est pour vous adorer », « Adieu, le plus aimé des hommes », « Je vous aimerai jusqu'à la mort ». Ces textes ne laissent aucun doute sur les sentiments qu'éprouvaient l'un envers l'autre des deux épistoliers. Fersen organisa la célèbre « fuite à Varennes », mais en fut exclu en cours de route par

Louis XVI, que l'évidente proximité de sa femme avec le Suédois agaçait. Huit jours après l'épouvantable retour à Paris, la reine écrivit à ce dernier : « Rien au monde ne pourra m'empêcher de vous adorer jusqu'à la mort. »
Hubert Feuillus, *Les Secrets de Marie-Antoinette*

Un soir, à souper, je m'en souviens, l'Empereur se trouva de très bonne humeur, fort disposé à jaser et à égayer les convives. Il venait de visiter tous ses parents d'Italie et avait un mot pour chacun. Hommes, femmes, enfants, personne ne fut épargné. La Reine interrompit son frère plus d'une fois, quoiqu'elle ne pût s'empêcher de sourire à ces portraits grotesques.
« Quant à vous, ma chère sœur, continua l'Empereur sans faire attention à ses remontrances, je vois que vous avez fait de grands progrès dans l'art de peindre. Vous avez mis plus de couleur sur une de vos joues que Rubens n'en met sur ses tableaux. »
La Reine s'efforça d'arrêter l'Empereur, elle lui faisait souvent signe de ne pas continuer à ridiculiser ainsi chacun des membres de sa famille, mais il n'y avait pas moyen de le désarçonner. Il n'épargna pas leur mère l'Impératrice, qui avait

appris un jour que son mari trafiquait avec les espions du roi de Prusse.

Jusque-là, Louis XVI avait gardé un silence absolu. Mais l'Empereur se mit à dire à la Reine que l'escalier et l'antichambre du château de Versailles avaient l'air d'appartenir à un bazar turc. « Je suppose, ajouta-t-il en riant, que vous ne le souffririez pas si quelque joli présent ne venait compenser leur sale trafic. »

Ce fut alors que le Roi, d'un ton de voix qui différait un peu de sa douceur habituelle, affirma que ni lui ni la Reine n'avaient jamais retiré de cette tolérance d'autre avantage que celui de pouvoir acheter à l'intérieur du palais certains articles au moment où on en avait besoin, sans être obligé de les envoyer chercher au-dehors.

Catherine Hyams, *Mémoires d'une espionne de Marie-Antoinette*

Dans la même série :

Au service secret de Marie-Antoinette

L'enquête du Barry

Récemment mariée au roi Louis XVI, Marie-Antoinette trouve ce nouveau statut bien ennuyeux. Les bals et les atours ne suffisent pas à la divertir. Un vol de bijoux vieux de plusieurs années va lui permettre d'exercer d'autres talents, ceux d'enquêtrice.

Pour cette mission, elle s'entoure de deux détectives amateurs : Rose, modiste, et Léonard, coiffeur. Mais le problème est que ces deux-là se détestent. Rose est une maniaque de l'organisation, Léonard un noceur. Ils ne s'adressent la parole que pour s'invectiver. Ils devront pourtant apprendre à s'entendre s'ils veulent gagner leur place à la Cour.

Leur enquête débute dans les rues malfamées de Versailles, où deux corps viennent d'être retrouvés assassinés. Ces meurtres ont-ils un lien avec le vol de bijoux ? Les deux serviteurs parviendront-ils à retrouver le butin, comme le souhaite la reine ?

Derrière son éventail et ses hautes coiffes, Marie-Antoinette va jouer un tout autre rôle que celui qu'on lui assigne.

Pas de répit pour la reine

C'est la guerre des farines : le peuple a faim ! Louis XVI s'en moque et continue de s'affairer à ses passe-temps : la serrurerie et l'horlogerie. À Marie-Antoinette de remonter ses manches !

Mettre la main sur un mystérieux trésor inca tomberait à pic pour acheter du pain à ses sujets.

Pour cette nouvelle mission, la reine fait de nouveau appel à ses agents secrets préférés : son coiffeur, Léonard, et sa modiste, Rose. Mais Rose ne supporte toujours pas ce gros lourdaud de Léonard. Par ailleurs, un séduisant fabricant de corsets lui fait de l'œil... Mais ne serait-il pas mêlé à leur enquête ?

Gare à la malédiction qui frappe tous ceux qui s'approchent de l'or !

Retrouvez bientôt Sa Majesté, Rose et Léonard dans une nouvelle enquête. Pour en être informé(e) en avant-première, recevoir d'autres idées de livres à découvrir ou des jeux-concours, vous pouvez nous laisser votre adresse e-mail sur cette adresse web : bit.ly/martiniere

Vous pouvez également nous retrouver sur Facebook et Instagram : @lamartiniere.litterature

L'équipe des Éditions de La Martinière.